中公文庫

文豪と東京

明治・大正・昭和の帝都を映す作品集

長山靖生編

中央公論新社

目次

文豪と東京

明治・大正・昭和の帝都を映す作品集

三四郎（二）

夏目漱石

三四郎が東京で驚いたものは沢山ある。第一電車のちんちん鳴るので驚いた。それから其ちんちん鳴る間に、非常に多くの人間が乗ったり降《お》りたりするので驚いた。次に丸の内で驚いた。尤も驚いたのは、何処迄行っても東京が無くならないと云う事であった。しかも何処をどう歩いても、材木が放《ほう》り出してある、石が積んである、新しい家が往来から二三間引込んで居る、古い蔵が半分取崩《とりくず》されて心細く前の方に残っている。凡《すべ》ての物が破壊されつつある様に見える。そうして凡ての物が又同時に建設されつつある様に見える。大変な動き方である。

三四郎は全く驚いた。要するに普通の田舎者が始めて都の真中《まんなか》に立って驚くと同じ程度に、又同じ性質に於て大《おお》いに驚いて仕舞った。今迄の学問は此驚きを予防する上に於て、売薬程の効能もなかった。三四郎の自信は此驚きと共に四割方《がた》減却した。不愉快でたまらない。

此劇烈な活動そのものが取りも直さず現実世界だとすると、自分が今日《こんにち》迄の生活は現実世界に毫《ごう》も接触していない事になる。洞《ほら》が峠《とうげ》で昼寐をしたと同然である。それでは今日《きょう》限り昼寐をやめて、活動の割前が払えるかと云うと、それは困難である。自分は今活動の中心に立っている。けれども自分はただ自分の左右前後に起る活動を見なければならない地位に置き易《か》えられたと云う迄で、学生としての生活は以前と変る訳はない。世界はかように動揺する。自分は此動揺を見ている。けれどもそれに加わる事は出来ない。自分の世界と、現実の世界は一つ平面に並《なら》んで居りながら、どこも接触していない。そうして現実の世界は、かように動揺して、自分を置き去《ざ》りにして行って仕舞う。甚だ不安である。

三四郎は東京の真中《まんなか》に立って電車と、汽車と、白い着物を着た人と、黒い着物を着た人との活動を見て、こう感じた。けれども学生生活の裏面に横《よこ》たわる思想界の活動には毫も気が付かなかった。——明治の思想は西洋の歴史にあらわれた三百年の活動を四十年で繰返している。

三四郎が動く東京の真中に閉じ込められて、一人で鬱《ふさ》ぎ込んでいるうちに、国元の母から手紙が来た。東京で受取った最初のものである。見ると色々書いてある。まず今年は豊作で目出度いと云う所から始まって、身体を大事にしなくっては不可《いけ》ないと云う注意があって、東京のものはみんな利口で人が悪いから用心しろと書いて、学資は毎月月末《まいげつまつ》に届く様にするから安心しろとあって、勝田の政さんの従弟《いとこ》に当る人が大学校を卒業して、理科大学とかに出ているそうだから、尋ねて行って、万事よろしく頼むがいいで結んである。肝心の名前を忘れたと見えて、欄外と云う様な処に野々宮宗八《ののみやそうはち》どのとかいてあった。此欄外には其外二三件ある。作《さく》の青馬《あお》が急病で死んだんで、作《さく》は大弱りでいる。三輪田《みわた》のお光《みつ》さんが鮎《あゆ》をくれたけれども東京へ送ると途中で腐って仕舞うから、家内《うち》で食べて仕舞った。等である。

三四郎は此手紙を見て、何だか古ぼけた昔から届いた様な気がした。母には済まないが、こんなものを読んでいる暇《ひま》はないと迄考えた。それにも拘《かかわ》らず繰返して二返《へん》読んだ。要するに自分がもし現実世界と接触しているならば、今の所母より外にないのだろう。其母は古い人で古い田舎に居る。其外には汽車の中で乗合した女がいる。あれは現実世界の稲妻である。接触したと云うには、あまりに短くって且《かつ》あまりに鋭《するど》過ぎた。――三四郎は母の云い付け通り野々宮宗八を尋ねる事にした。

あくる日は平生《へいぜい》よりも暑い日であった。休暇中だから理科大学を尋ねても野々宮君は居るまいと思ったが、母が宿所を知らせて来ないから、聞き合せ旁《かたがた》行って見様《みよう》と云う気になって、午後四時頃、高等学校の横を通って弥生町《やよいちょう》の門から這入《はい》った。往来は埃《ほこり》が二寸も積《つも》っていて、其上に下駄の歯や、靴の底や、草鞋《わらじ》の裏が奇麗に出来上ってる。車の輪と自転車の痕《あと》は幾筋だか分らない。むっとする程堪らない路だったが、構内へ這入ると流石《さすが》に樹の多い丈《だけ》に気分が晴々《せいせい》した。取付《とっつき》の戸をあたって見たら錠《じょう》が下りている。裏へ廻っても駄目であった。仕舞に横へ出た。念の為と思って推《お》して見たら、旨《うま》い具合《ぐあい》に開《あ》いた。廊下の四つ角に小使が一人居眠りをしていた。来意を通じると、しばらくの間は、正気を回復する為に、上野の森を眺めていたが、突然「御出《おいで》かも知れません」と云って奥へ這入って行った。頗る閑静である。やがて又出て来た。

「御出《おいで》でやす。御這入《おはい》んなさい」と友達見た様に云う。小使に食《く》っ付《つ》いて行くと四つ角を曲って和土《たたき》の廊下を下へ降りた。世界が急に暗くなる。炎天で眼が眩《くら》んだ時の様であったが少時《しばらく》すると瞳が漸く落付いて、四辺《あたり》が見える様になった。穴倉だから比較的涼しい。左の方に戸があって、其戸が明け放してある。其処から顔が出た。額《ひたい》の広い眼の大きな仏教に縁のある相《そう》である。縮《ちぢみ》の襯衣《しゃつ》の上へ脊広《せびろ》を着ているが、脊広は所々に染《しみ》がある。脊《せい》は頗る高い。瘠《や》せている所が暑さに釣り合っている。頭と脊中を一直線に前の方へ延ばして御辞儀をした。

「此方《こっち》へ」と云った儘、顔を室《へや》の中へ入れて仕舞った。三四郎は戸の前迄来て室《へや》の中を覗いた。すると野々宮君はもう椅子へ腰を掛けている。もう一遍《ぺん》「此方《こっち》へ」と云った。此方《こっち》へと云う所に台がある。四角な棒を四本立てて、其上を板で張ったものである。三四郎は台の上へ腰を掛けて初対面の挨拶をする。それから何分宜敷《よろし》く願いますと云った。野々宮君は只《ただ》はあ、はあと云って聞いている。其様子が幾分か汽車の中で水蜜桃を食った男に似ている。一通り口上を述べた三四郎はもう何も云う事がなくなって仕舞った。野々宮君もはあ、はあ云わなくなった。

部屋の中を見廻すと真中に大きな長い樫《かし》の机《テーブル》が置いてある。其上には何だか込入った、太い針線《はりがね》だらけの器械が乗っかって、其傍《わき》に大きな硝子《ガラス》の鉢に水が入れてある。其外にやすりと小刀《ナイフ》と襟飾《えりかざり》が一つ落ちている。最後に向《むこう》の隅を見ると、三尺位《くらい》の花崗石《みかげいし》の台の上に、福神漬の缶程な複雑な器械が乗せてある。三四郎は此缶の横腹《よこっぱら》に開《あ》いている二つの穴に眼をつけた。穴が蟒蛇《うわばみ》の眼玉の様に光っている。野々宮君は笑いながら光るでしょうと云った。そうして、斯う云う説明をして呉れた。

「昼間のうちに、あんな準備《したく》をして置いて、夜になって、交通其他の活動が鈍《にぶ》くなる頃に、此静な暗い穴倉で、望遠鏡の中から、あの眼玉の様なものを覗くのです。そうして光線の圧力を試験する。此年《ことし》の正月頃から取り掛ったが、装置が中々面倒なのでまだ思う様な結果が出て来ません。夏は比較的堪《こら》え易《やす》いが、寒夜になると、大変凌《しの》ぎにくい。外套を着て襟巻をしても冷《つめ》たくて遣り切れない。……」

三四郎は大《おお》いに驚いた。驚くと共に光線にどんな圧力があって、其圧力がどんな役に立つんだか、全く要領を得るに苦しんだ。

其時野々宮君は三四郎に、「覗いて御覧なさい」と勧めた。三四郎は面白半分、石の台の二三間手前にある望遠鏡の側《そば》へ行って右の眼をあてがったが、何にも見えない。野々宮君は「どうです、見えますか」と聞く。「一向《いっこう》見えません」と答えると、「うんまだ蓋《ふた》が取らずにあった」と云いながら、椅子を立って望遠鏡の先に被《かぶ》せてあるものを除《の》けて呉れた。見ると、ただ輪廓のぼんやりした明《あか》るいなかに、物差《ものさし》の度盛《どもり》がある。下に2の字が出た。野々宮君がまた「どうです」と聞いた。「2の字が見えます」と云うと、「今に動きます」と云ひながら向《むこう》へ廻って何かしている様であった。

やがて度盛《どもり》が明るい中《なか》で動き出した。2が消えた。あとから3が出る。其あとから4が出る。5が出る。とうとう10迄《まで》出た。すると度盛がまた逆に動き出した。10が消え、9が消え、8から7、7から6と順々に1迄《まで》来て留った。野々宮君は又「どうです」と云う。三四郎は驚いて、望遠鏡から眼を放して仕舞った。度盛の意味を聞く気にもならない。

丁寧に礼を述べて穴倉を上って、人の通る所へ出て見ると世の中はまだかんかんしている。暑いけれども深い呼息《いき》をした。西の方へ傾いた日が斜めに広い坂を照して、坂の上の両側にある工科の建築の硝子窓が燃える様に輝いている。空は深く澄んで、澄んだなかに、西の果《はて》から焼ける火の焔が、薄赤く吹き返して来て、三四郎の頭の上迄熱《ほて》っている様に思われた。横に照り付ける日を半分脊中に受けて、三四郎は左《ひだ》りの森の中へ這入《はい》った。其森も同じ夕日を半分脊中に受けている。黒ずんだ蒼い葉と葉の間は染めた様に赤い。太い欅《けやき》の幹で日暮《ひぐら》しが鳴いている。三四郎は池の傍《そば》へ来てしゃがんだ。

非常に静かである。電車の音もしない。赤門の前を通る筈の電車は、大学の抗議で小石川を廻る事になったと国にいる時分新聞で見た事がある。三四郎は池の端《はた》にしゃがみながら、不図《ふと》此事件を思い出した。電車さえ通さないと云う大学は余程社会と離れている。

たまたま其中に這入《はいい》って見ると、穴倉の下で半年余《あま》りも光線の圧力の試験をしている野々宮君の様な人もいる。野々宮君は頗る質素な服装《なり》をして、外で逢えば電灯会社の技手位《くらい》な格である。それで穴倉の底を根拠地として欣然とたゆまずに研究を専念に遣っているから偉い。然し望遠鏡のなかの度盛がいくら動いたって現実世界と交渉のないのは明《あきら》かである。野々宮君は生涯現実世界と接触する気がないのかも知れない。要するに此静かな空気を呼吸するから、自《おのずか》らああ云う気分にもなれるのだろう。自分もいっそのこと気を散らさずに、活《い》きた世の中と関係のない生涯を送って見様かしらん。

三四郎が凝《じっ》として池の面《おもて》を見詰めていると、大きな木が、幾本となく水の底に映って、其又《また》底に青い空が見える。三四郎は此時電車よりも、東京よりも、日本よりも、遠く且《か》つ遥《はるか》な心持がした。然ししばらくすると、其心持のうちに薄雲の様な淋《さび》しさが一面に広がって来た。そうして、野々宮君の穴倉に這入って、たった一人《ひとり》で坐って居るかと思われる程な寂寞を覚えた。熊本の高等学校に居る時分も是より静な龍田山《たつたやま》に上ったり、月見草ばかり生えている運動場に寐たりして、全く世の中を忘れた気になった事は幾度となくある、けれども此孤独の感じは今始めて起《おこ》った。

活動の劇しい東京を見たためだろうか。或は――三四郎は此の時赤くなった。汽車で乗り合わした女の事を思い出したからである。――現実世界はどうも自分に必要らしい。けれども現実世界は危《あぶ》なくて近寄れない気がする。三四郎は早く下宿に帰って母に手紙を書いてやろうと思った。

不図《ふと》眼を上げると、左手の岡の上に女が二人《ふたり》立っている。女のすぐ下が池で、池の向う側が高い崖の木立《こだち》で、其後《うしろ》が派手《はで》な赤煉瓦のゴシック風の建築である。そうして落ちかかった日が、凡《すべ》ての向うから横に光を透《とお》してくる。女は此夕日に向いて立っていた。三四郎のしゃがんでいる低い陰から見ると岡の上は大変明るい。女の一人はまぶしいと見えて、団扇《うちわ》を額《ひたい》の所に翳《かざ》している。顔はよく分らない。けれども着物の色、帯の色は鮮《あざや》かに分った。白い足袋の色も眼についた。鼻緒の色はとにかく草履《ぞうり》を穿《は》いている事も分った。もう一人は真白である。是は団扇《うちわ》も何も持って居ない。只《ただ》額に少し皺を寄せて、対岸《むこうぎし》から生《お》い被《かぶ》さりそうに、高く池の面《おもて》に枝を伸《のば》した古木《こぼく》の奥を眺めていた。団扇《うちわ》を持った女は少し前へ出ている。白い方は一歩《ひとあし》土堤《どて》の縁《ふち》から退《さ》がっている。三四郎が見ると、二人の姿が筋《すじ》違《かい》に見える。

　此時三四郎の受けた感じは只《ただ》奇麗な色彩だと云う事であった。けれども田舎者《いなかもの》だから、此《この》色彩がどういう風に奇麗なのだか、口にも云えず、筆にも書けない。ただ白い方が看護婦だと思った許《ばか》りである。

　三四郎は又見惚《みと》れていた。すると白い方が動き出した。用事のある様な動き方ではなかった。自分の足が何時《いつ》の間《ま》にか動いたという風であった。見ると団扇《うちわ》を持った女も何時《いつ》の間《ま》にか又動いている。二人は申し合せた様に用のない歩き方をして、坂を下りて来る。三四郎は矢っ張り見ていた。

　坂の下に石橋がある。渡らなければ真直に理科大学の方へ出る。渡れば水際《みずぎわ》を伝《つた》って此方《こっち》へ来る。二人は石橋を渡った。

　団扇《うちわ》はもう翳《かざ》して居ない。左の手に白い小さな花を持って、それを嗅《か》ぎながら来る。嗅ぎながら、鼻の下に宛《あ》てがった花を見ながら、歩くので、眼は伏せている。それで三四郎から一間許《ばかり》の所へ来てひょいと留った。

「是は何でしょう」と云って、仰向いた。頭の上には大きな椎《しい》の木が、日の目の洩らない程厚い葉を茂らして、丸い形に、水際迄《みずぎわまで》張り出していた。

「是は椎《しい》」と看護婦が云った。丸《まる》で子供に物を教える様であった。

「そう。実《み》は生《な》っていないの」と云いながら、仰向《あおむ》いた顔を元へ戻す、其拍子《ひょうし》に三四郎を一目見た。三四郎は慥《たしか》に女の黒眼の動く刹那を意識した。其時色彩の感じは悉《ことごと》く消えて、何とも云えぬ或物に出逢った。其或物は汽車の女に「あなたは度胸《どきょう》のない方《かた》ですね」と云われた時の感じと何処か似通っている。三四郎は恐ろしくなった。

二人の女は三四郎の前を通り過ぎる。若い方が今迄嗅いで居た白い花を三四郎の前へ落して行った。三四郎は二人の後姿《うしろすがた》を凝《じっ》と見詰めて居た。看護婦は先へ行く。若い方が後《あと》から行く。華やかな色の中に、白い薄《すすき》を染抜いた帯が見える。頭にも真白な薔薇《ばら》を一つ挿している。其薔薇が椎の木《こ》蔭《かげ》の下の、黒い髪の中で際立《きわだ》って光っていた。

三四郎は茫然《ぼんやり》していた。やがて、小さな声で「矛盾《むじゅん》だ」と云った。大学の空気とあの女が矛盾なのだか、あの色彩とあの眼付が矛盾なのだか、あの女を見て、汽車の女を思い出したのが矛盾なのだか、それとも未来に対する自分の方針が二途《ふたみち》に矛盾しているのか、又は非常に嬉しいものに対して恐を抱く所が矛盾しているのか、――この田舎出の青年には、凡《すべ》て解らなかった。ただ何だか矛盾であった。

三四郎は女の落して行った花を拾った。そうして嗅いで見た。けれども別段の香《におい》もなかった。三四郎は此花を池の中へ投げ込んだ。花は浮いている。すると突然向うで自分の名を呼んだものがある。

三四郎は花から眼を放《はな》した。見ると野々宮君が石橋の向うに長く立っている。

「君まだ居たんですか」と云う。三四郎は答をする前に、立ってのそのそ歩いて行った。石橋の上迄来て、

「ええ」と云った。何となく間《ま》が抜けている。けれども野々宮君は、少しも驚かない。

「涼しいですか」と聞いた。三四郎は又、

「ええ」と云った。

野々宮君は少時《しばらく》池の水を眺めていたが、右の手を隠袋《ぽっけっと》へ入れて何か探し出した。隠袋《ぽっけっと》から半分封筒が食《は》み出している。其上に書いてある字が女の手蹟らしい。野々宮君は思う物を探し宛《あ》てなかったと見えて、元の通りの手を出してぶらりと下げた。そうして、こう云った。

「今日は少し装置が狂ったので晩の実験は已《や》めだ。是から本郷の方を散歩して帰ろうと思うが、君どうです一所にあるきませんか」

三四郎は快く応じた。二人で坂を上がって、岡の上へ出た。野々宮君はさっき女の立っていた辺《あた》りで一寸《ちょっと》留って、向うの青い木立の間から見える赤い建物と、崖の高い割に、水の落ちた池を一面に見渡して、

「一寸好い景色でしょう。あの建築《ビルヂング》の角度《アングル》の所丈《だけ》が少し出ている。木の間から。ね。好い

でしょう。君気が付いていますか。あの建物は中々旨《うま》く出来ていますよ。工科もよく出来てるが此方が旨いですね」

三四郎は野々宮君の鑑賞力に少々驚いた。実を云うと自分には何方《どっち》が好いか丸《まる》で分らないのである。そこで今度は三四郎の方が、はあ、はあと云い出した。

「それから、此《この》木と水の感じ《エフフェクト》がね。——大したものじゃないが、何しろ東京の真中にあるんだから——静かでしょう。こう云う所でないと学問をやるには不可《い》けませんね。近頃は東京があまり八釜《やかま》しく間敷《しく》なり過ぎて困る。是が御殿《ごてん》」とあるき出しながら、左手《ゆんで》の建物を指して見せる。「教授会を遣《や》る所です。うむなに、僕なんか出ないで好いのです。僕は穴倉生活を遣っていれば済むのです。近頃の学問は非常な勢いで動いているので、少し油断すると、すぐ取残されて仕舞う。人が見ると穴倉のなかで冗談《じょうだん》をしている様だが、是でも遣っている当人の頭の中は劇烈に働いているんですよ。電車より余程《よっぽど》烈しく働いているかも知れない。だから夏でも旅行をするのが惜しくってね」と言いながら仰向いて大きな空を見た。空にはもう日の光が乏しい。

青い空の静まり返った、上皮に、白い薄雲が刷毛先《はけさき》で搔き払った痕の様に、筋違《すじかい》に長く浮いている。

「あれを知ってますか」と云う。三四郎は仰いで半透明の雲を見た。

「あれは、みんな雪の粉《こ》ですよ。こうやって下から見ると、些《ちっ》とも動いて居ない。然しあれで地上に起る颶風《ぐふう》以上の速力で動いているんですよ。――君ラスキンを読みましたか」

三四郎は憮然《ぶぜん》として読まないと答えた。野々宮君はただ、

「そうですか」と云った許《ばか》りである。しばらくしてから、

「此《この》空を写生したら面白いですね。――原口《はらぐち》にでも話してやろうかしら」と云った。三四郎は無論原口と云う画工の名前を知らなかった。

二人はベルツの銅像の前から枳殻寺《からたちでら》の横を電車の通りへ出た。銅像の前で、此銅像はどうですかと聞かれて三四郎は又弱った。表は大変賑《にぎや》かである。電車がしきりなしに通る。

「君電車は煩《うる》さくはないですか」と又聞かれた。三四郎は煩《うる》さいより凄《すさま》じい位《くらい》である。然したただ「ええ」と答えて置いた。すると野々宮君は「僕もうるさい」と云った。然し一向煩《うる》さい様にも見えなかった。

「僕は車掌に教わらないと、一人で乗換が自由に出来ない。此二三年来無暗《むやみ》に殖《ふ》えたのでね。便利になって却《かえ》って困る。僕の学問と同じ事だ」と云って笑った。

学期の始まり際《ぎわ》なので新しい高等学校の帽子を被《かぶ》った生徒が大分《だいぶ》通る。野々宮君は愉快そうに、此《この》連中を見ている。

「大分《だいぶ》新しいのが来ましたね」と云う。「若い人は活気があって好い。時に君は幾歳《いくつ》です

か」と聞いた。三四郎は宿帳へ書いた通りを答えた。すると、

「それじゃ僕より七つ許《ばか》り若い。七年もあると、人間は大抵の事が出来る。然し月日《つきひ》は立《たち》易《やす》いものでね。七年位直《じき》ですよ」と云う。どっちが本当なんだか、三四郎には解らなかった。

四角近《よつかどちか》くへ来ると左右に本屋と雑誌屋が沢山ある。そのうちの二三軒には人が黒山の様にたかっている、そうして雑誌を読んでいる。そうして買わずに行って仕舞う。野々宮君は、

「みんな狡猾《ずる》いなあ」と云って笑っている。尤《もっと》も当人も一寸太陽《ちょいとたいよう》を開けて見た。

四角へ出ると、左手の此方側《こちらがわ》に西洋小間物屋があって、向側《むこうがわ》に日本小間物屋がある。其間を電車がぐるっと曲って、非常な勢で通る。ベルがちんちんちんちん云う。渡りにくい程雑沓《ざっとう》する。野々宮君は、向うの小間物屋を指して、

「あすこで一寸《ちょいと》買物をしますからね」と云って、ちりんちりんと鳴る間を駆抜けた。三四郎も食っ付いて、向うへ渡った。野々宮君は早速店へ這入った。表に待っていた三四郎が、気が付いて見ると、店先の硝子張《ガラスばり》の棚に櫛《くし》だの花簪《はなかんざし》だのが列《なら》べてある。三四郎は妙に思った。野々宮君が何を買っているのかしらと、不審を起して、店の中へ這入って見ると、蟬の羽根の様なリボンをぶら下げて、

「どうですか」と聞かれた。三四郎は此時自分も何か買って、鮎《あゆ》の御礼に三輪田《みわた》のお光《みつ》さんに送ってやろうかと思った。けれども御光《おみつ》さんが、それを貰って、鮎の御礼と思わずに、屹度何だかんだと手前勝手の理窟を附けるに違いないと考えたから已《や》めにした。

それから真砂町《まさごちょう》で野々宮君に西洋料理の御馳走になった。野々宮君の話では本郷で一番旨《うま》い家《うち》だそうだ。けれども三四郎にはただ西洋料理の味がする丈《だけ》であった。然し食べる事はみんな食べた。

西洋料理屋の前で野々宮君に別れて、追分《おいわけ》に帰る所を丁寧にもとの四角迄出て、左へ折れた。下駄を買おうと思って、下駄屋を覗き込んだら、白熱瓦斯の下に、真白に塗り立てた娘が、石膏《せきこう》の化物《ばけもの》の様に坐っていたので、急に厭《いや》になって已《や》めた。それからうちへ帰る間、大学の池の縁《ふち》で逢った女の、顔の色ばかり考えていた。——其色は薄く餅を焦《こが》した様な狐色《きつねいろ》であった。そうして肌理《きめ》が非常に細《こま》かであった。三四郎は、女の色は、どうしてもあれでなくっては駄目だと断定した。

（「朝日新聞」明治四一年九月一日～一二月二九日）

普請中

森　鷗外

渡辺参事官は歌舞伎座の前で電車を降りた。

雨あがりの道の、ところどころに残っている水溜まりを避けて、木挽町の河岸を、逓信省の方へ行きながら、たしか此辺の曲がり角に看板のあるのを見た筈だがと思いながら行く。

人通りは余り無い。役所帰りらしい洋服の男五六人のがやがや話しながら行くのに逢った。それから半衿の掛かった著物を著た、お茶屋の姉えさんらしいのが、何か近所へ用達しにでも出たのか、小走りに摩れ違った。まだ幌を掛けた儘の人力車が一台跡から駈け抜けて行った。

果して精養軒ホテルと横に書いた、割に小さい看板が見附かった。

河岸通りに向いた方は板囲いになっていて、横町に向いた寂しい側面に、左右から横に登るように出来ている階段がある。階段は尖を切った三角形になっていて、その尖を切った処に戸口が二つある。渡辺はどれから這入るのかと迷いながら、階段を登って見ると、左の方の戸口に入口と書いてある。

　靴が大分泥になっているので、丁寧に掃除をして、硝子戸を開けて這入った。中は広い廊下のような板敷で、ここには外にあるのと同じような、棕櫚の靴拭いの傍に雑巾が広げて置いてある。渡辺は、己のようなきたない靴を穿いて来る人が外にもあると見えると思いながら、又靴を掃除した。

　あたりはひっそりとして人気がない。唯少し隔たった処から騒がしい物音がするばかりである。大工が這入っているらしい物音である。外に板囲いのしてあるのを思い合せて、普請最中だなと思う。

　誰も出迎える者がないので、真直に歩いて、衝き当って、右へ行こうか左へ行こうかと考えていると、やっとの事で、給仕らしい男のうろついているのに、出合った。

「きのう電話で頼んで置いたのだがね」

「は。お二人さんですか。どうぞお二階へ」

　右の方へ登る梯子を教えてくれた。すぐに二人前の注文をした客と分かったのは普請中殆ど休業同様にしているからであろう。此辺まで入り込んで見れば、ますます釘を打つ音や手斧を掛ける音が聞えて来るのである。

　梯子を登る跡から給仕が附いて来た。どの室かと迷って、背後を振り返りながら、渡辺はこう云った。

「大分賑やかな音がするね」

「いいえ。五時には職人が帰ってしまいますから、お食事中騒々しいようなことはございません。暫くこちらで」

先へ駈け抜けて、東向きの室の戸を開けた。這入って見ると、二人の客を通すには、ちと大き過ぎるサロンである。三所に小さい卓が置いてあって、どれをも四つ五つ宛の椅子が取り巻いている。東の右の窓の下にソファもある。その傍には、高さ三尺許の葡萄に、暖室で大きい実をならせた盆栽が据えてある。

渡辺があちこち見廻していると、戸口に立ち留まっていた給仕が、「お食事はこちらで」と云って、左側の戸を開けた。これは丁度好い室である。もうちゃんと食卓が拵えて、アザレエやロドダンドロンを美しく組み合せた盛花の籠を真中にして、クウウェエルが二つ向き合せて置いてある。今二人位は這入られよう、六人になったら少し窮屈だろうと思われる、丁度好い室である。

渡辺は稍々満足してサロンへ帰った。給仕が食事の室から直ぐに勝手の方へ行ったので、渡辺は始てひとりになったのである。

金槌や手斧の音がぱったり止んだ。時計を出して見れば、成程五時になっている。約束の時刻までには、まだ三十分あるなと思いながら、小さい卓の上に封を切って出してある箱の葉巻を一本取って、尖を切って火を附けた。

不思議な事には、渡辺は人を待っているという心持が少しもしない。その待っている人が誰であろうと、殆ど構はない位である。あの花籠の向うにどんな顔が現れて来ようとも、殆ど構はない位である。渡辺はなぜこんな冷澹な心持になっていられるかと、自ら疑うのである。

渡辺は薬巻の烟を緩く吹きながら、ソファの角の処の窓を開けて、外を眺めた。窓の直ぐ下には材木が沢山立て列べてある。ここが表口になるらしい。動くとも見えない水を湛えたカナルを隔てて、向側の人家が見える。多分待合か何かであろう。往来は殆ど絶えていて、その家の門に子を負うた女が一人ぼんやり佇んでいる。右のはずれの方には幅広く視野を遮って、海軍参考館の赤煉瓦がいかめしく立ちはたかっている。

渡辺はソファに腰を掛けて、サロンの中を見廻した。壁の所々には、偶然ここで落ち合ったというような掛物が幾つも掛けてある。梅に鶯やら、浦島が子やら、鷹やら、どれもどれも小さい丈の短い幅なので、天井の高い壁に掛けられたのが、尻を端折ったように見える。食卓の拵えてある室の入口を挟んで、聯のような物の掛けてあるのを見れば、某大教正の書いた神代文字といふものである。日本は芸術の国ではない。

渡辺は暫く何を思うともなく、何を見聞くともなく、唯烟草を呑んで、体の快感を覚えていた。

廊下に足音と話声とがする。戸が開く。渡辺の待っていた人が来たのである。麦藁の大きいアンヌマリイ帽に、珠数飾りをしたのを被っている。鼠色の長い著物式の上衣の胸から、刺繍をした白いバチストが見えている。ジュポンも同じ鼠色である。手にはウォランの附いた、おもちゃのような蝙蝠傘を持っている。渡辺は無意識に微笑を粧ってソファから起き上がって、葉巻を灰皿に投げた。女は、附いて来て戸口に立ち留まっている給仕を一寸見返って、その目を渡辺に移した。ブリュネットの女の、褐色の、大きい目である。此目は昔度々見たことのある目である。併しその縁にある、指の幅程な紫掛かった濃い暈は、昔無かったのである。

「長く待たせて」

独逸語である。ぞんざいな詞と不吊合に、傘を左の手に持ち替えて、おうように手袋に包んだ右の手の指尖を差し伸べた。渡辺は、女が給仕の前で芝居をするなと思いながら、丁寧にその指尖を撮まんだ。そして給仕にこう云った。

「食事の好い時はそう云ってくれ」

給仕は引っ込んだ。

　女は傘を無造作にソファの上に投げて、さも疲れたようにソファへ腰を落して、卓に両肘を衝いて、黙まって渡辺の顔を見ている。渡辺は卓の傍へ椅子を引き寄せて据わった。暫くして女が云った。

「大そう寂しい内ね」

「普請中なのだ。さっき迄恐ろしい音をさせていたのだ」

「そう。なんだか気が落ち著かないような処ね。どうせいつだって気の落ち著くような身の上ではないのだけど」

「一体いつどうして来たのだ」

「おとつい来て、きのうあなたにお目に掛かったのだわ」

「どうして来たのだ」

「去年の暮からウラジオストックにいたの」

「それじゃあ、あのホテルの中にある舞台で遣っていたのか」

「そうなの」

「まさか一人じゃあるまい。組合か」

「組合じゃないが、一人でもないの。あなたも御承知の人が一しょなの」。少しためらって。「コジンスキイが一しょなの」。

「あのポラックかい。それじゃあお前はコジンスカアなのだな」

「嫌だわ。わたしが歌って、コジンスキイが伴奏をする丈だわ」

「それ丈ではあるまい」

「そりゃあ、二人きりで旅をするのですもの。丸っきり無しというわけには行きませんわ」

「知れた事さ。そこで東京へも連れて来ているのかい」

「ええ。一しょに愛宕山に泊まっているの」

「好く放して出すなあ」

「伴奏させるのは歌丈なの」。Begleiten という詞を使ったのである。伴奏ともなれば同行ともなる。「銀座であなたにお目に掛かったと云ったら、是非お目に掛かりたいと云うの」。

「真平だ」

「大丈夫よ。まだお金は沢山あるのだから」

「沢山あったって、使えば無くなるだろう。これからどうするのだ」

「アメリカへ行くの。日本は駄目だって、ウラジオで聞いて来たのだから、当にはしなくってよ」

「それが好い。ロシアの次はアメリカが好かろう。日本はまだそんなに進んでいないからなあ。日本はまだ普請中だ」

「あら。そんな事を仰やると、日本の紳士がこう云ったと、アメリカで話してよ。日本の官吏がと云いましょうか。あなた官吏でしょう」

「うむ。官吏だ」

「お行儀が好くって」

「恐ろしく好い。本当のフイリステルになり済ましている。きょうの晩飯丈が破格なのだ」

「難有いわ」。さっきから幾つかの控鈕をはずしていた手袋を脱いで、卓越しに右の平手を出すのである。渡辺は真面目に其手をしっかり握った。手は冷たい。そしてその冷たい手が離れずにいて、暈の出来た為めに一倍大きくなったような目が、じっと渡辺の顔に注がれた。

「キスをして上げても好くって」

渡辺はわざとらしく顔を蹙めた。「ここは日本だ」。

叩かずに戸を開けて、給仕が出て来た。

「お食事が宜しうございます」

「ここは日本だ」と繰り返しながら渡辺は起って、女を食卓のある室へ案内した。丁度電灯がぱっと附いた。

女はあたりを見廻して、食卓の向側に据わりながら、「シャンブル・セパレエ」と笑談のような調子で云って、渡辺がどんな顔をするかと思うらしく、背伸びをして覗いて見た。盛花の籠が邪魔になるのである。

「偶然似ているのだ」。渡辺は平気で答えた。

シェリイを注ぐ。メロンが出る。二人の客に三人の給仕が附き切りである。渡辺は「給仕の賑やかなのを御覧」と附け加えた。

「余り気が利かないようね。愛宕山も矢っ張そうだわ」。肘を張るようにして、メロンの肉を剝がして食べながら云う。

「愛宕山では邪魔だろう」

「丸で見当違いだわ。それはそうと、メロンはおいしいことね」

「今にアメリカへ行くと、毎朝極まって食べさせられるのだ」

二人は何の意味もない話をして食事をしている。とうとうサラドの附いたものが出て、杯にはシャンパニエが注がれた。

女が突然「あなた少しも妬んでは下さらないのね」と云った。チエントラアルテアアテルがはねて、ブリュウル石階の上の料理屋の卓に、丁度こんな風に向き合って据わっていて、おこったり、中直りをしたりした昔の事を、意味のない話をしていながらも、女は想い浮べずにはいられなかったのである。女は笑談のように言おうと心に思ったのが、図らずも真面目に声に出たので、悔やしいような心持がした。

渡辺は据わった儘に、シャンパニエの杯を盛花より高く上げて、はっきりした声で云った。

"Kosinski soll leben !"

凝り固まったような微笑を顔に見せて、黙ってシャンパニエの杯を上げた女の手は、人には知れぬ程顫っていた。

＊　＊　＊　＊　＊

まだ八時半頃であった。灯火の海のような銀座通を横切って、ウェエルに深く面を包んだ女を載せた、一輛の寂しい車が芝の方へ駈けて行った。

（「三田文学」明治四三年六月号）

明治初年の東京――墨堤と両国――

淡島寒月

明治になってから色々な変遷《へんせん》があった中に、墨堤《ぼくてい》なども以前とは大分変った。まず牛の御前と三囲稲荷《みめぐりいなり》の前後には水戸様の屋敷の外家は一軒もない。茶屋も堤の上に一軒、堤を下りて中に一軒あったきりだ。「田を三囲の神ならば――」という句の通り周囲は見渡す限り田圃で、茶屋ではゆで玉子とか慈姑《くわい》を剝《む》いて串にさして、梔《くちなし》で色をつけたもの、肴《さかな》は焼き鯣《するめ》位しかなかった。そういう処で団子の立喰や慈姑の横かじりをやったのだから少しもおかしくはない。そして一方に隅田川の流を見てこよない楽しみとした。その位以前の向島《むこうじま》は淋《さび》しかった。

明治十一年頃に流灯をやったことがある。芭蕉堂の庵主の宗知、中村国香《なかむらくにか》という人が工《く》夫《ふう》をして先代の言問《こととい》の主人にやらせたので、都鳥《みやこどり》の形の灯籠を作って、これに火を灯《とも》して盆の施餓鬼《せがき》に隅田川へ流した。その頃成島柳北《なるしまりゅうほく》が言問の碑を書いたりして「言問」の名が人に知られるようになった。

料理屋を除いては長命寺《ちょうめいじ》の桜餅が一番名高かった。また桜の花漬も売っていた。昔は桜味噌というものを売っていたが、多分向島から売出したものではなかろうかと思う。天保頃の書物にこの桜味噌のことが記してあるが、今は売る家もなくなってしまった。

花見時になっても今日のように人は出なかったが、色々な趣向を凝らして花見に出かけた。目鬘《めかつら》が非常に流行した。その頃上野では鳴物を禁じられていたから、向島へ来て三味線を弾いて騒いだ。それで堤上で遊ぶよりは秋葉神社の境内で遊ぶ人の方が多い位だった。秋葉神社には桜はなかったが、秋葉の紅葉というのが名があった。通人《つうじん》たちは桜を見るよりも紅葉とか萩とかを見た。桜ならば朝桜、夕桜を見るだけで余り桜を風流がらない、一瓢《いっぴょう》を携えてくる人はかえって枯野を見るのを通《つう》とした。桜には女、子供、若い者が趣向をこらしてきた。花時になれば色々なものが出たが、休茶屋《やすみぢゃや》も今ほどは出ず、平生は実に淋しいところだった。花を見る人は木母寺《もくぼじ》、梅若《うめわか》辺まで行ったが、綾瀬《あやせ》の方までゆく人はなかった。

明治七、八年頃までは渡船を呼んだものだ。向うへ渡ろうとする者は待っていて堤の上から大声で「竹屋」「竹屋」と対岸の渡し守をよぶ、すると船の中へ蓙《ござ》、蒲団、茶、煙草《たばこ》盆《ぼん》などを入れて竹屋から漕《こ》いできた。そういった昔の風が十年前後までは残っていたが、上野の第一博覧会以後よほど進歩して風俗も変ってきた。言問の辺なぞも波打際に蘆《あし》が生えていて、水の中に杭《くい》が打ってあったが、この頃は石垣にしてしまったので殺風景になった。それから水の塩梅《あんばい》で豆腐がうまくできるところから、向島の田楽は名高いものであった。三月には梅若で田楽の振舞をしたことなぞもあった。

両国橋も今は昔と橋の位置が変った。元の橋はも少し下手に、回向院《えこういん》から真直のところに架っていた。夕涼みの頃になると今の川升《かわます》のある辺から間部河岸《まなべがし》へかけて、水の上へはり出した並び茶屋がずっと出た。上を葭簀《よしず》で囲って、絹行灯《きぬあんどん》をかけ聯ね、その下へ台を据《す》えて釜をかけた。船は柳橋の水茶屋《みずぢゃや》から出した。川の方からも漕出してきたが陸の涼み客の方が多かった。

上り場という河岸から、髪結床《かみゆいどこ》が三十軒ばかり並んでいた。橋の通りを広小路と言って、そこには香具師《やし》が見世物を出していた。その先へ行くと青物市場《やっちゃば》が出た。間部河岸の長左衛門という色物の寄席に円朝が赤い繻袢《じゅばん》を着て出ていた。近所には例の四つ目屋がある。

浅草橋には浅草見付があった。その辺へは池鯉鮒明神《ちりゅうみょうじん》の蛇のお札、講釈師、太平記読みなどが出張《でば》った。初音の馬場という紺屋の張場へは、夜になると本所《ほんじょ》の方から夜鷹《よたか》が黒い着物を着てぞろぞろ押出した。お弔事の時には町を金棒《かなぼう》を曳《ひ》いて歩く、その音が似ているので「鈴虫」と称えた。私の住《すま》っていた家の隣に松本楼という水茶屋があって、そこへ陸奥宗光や是真《ぜしん》や大纏《おおまとい》長吉などが来て芸者を上げて騒いだことがある。

宿屋というものは馬喰町《ばくろちょう》より外になかったので、田舎から江戸見物に来た者は大概馬喰町に宿った。それでこの附近は非常に賑《にぎや》かな場所だった。従って掏児《すり》が多い、うっかりしていると穿《は》いている下駄までも掏り交えられてしまう。これらは明治の始め頃のことで、その時分は着物の柄は荒く、好い物を着たが色の派手なものは少なかった。

向う両国は回向院へかけて、見世物などは一層盛んだ。「やれつけ、それつけ」の向う側に一文屋という江戸の泥人形を売る店があって、小さい豆粒ほどの一文人形やまた三尺位の泥人形を沢山店先へ並べていた。例のももんじやがあった。橋の側へ豚を持って行って、水へ漬けて殺すこともあった。武士はももんじやの前を通ると汚れると言って袖で顔を掩《おお》った。ももんじを食うものは外道《げどう》のように言われた、それでも便所の前などで莚で囲をして、その中で食うものさえあった。こういう有様であった維新後の日本が、纔《わず》か四十年の間にまるで昔の面影も残さずに変ってしまった。

（「新日本」大正元年九月号）

東京の発展

田山花袋

この頃の東京の発展は目覚《めざま》しいものであった。変遷の空気の中に浸《つか》っていては、それが目に立ってそれとわからぬけれど、田舎《いなか》からでも来て、ひょっとその真中に置いて行かれれば、何処《どこ》がどうかさっぱりわからなくなったに相違なかった。市区改正は既に完成され、大通《おおどおり》の路《みち》はひろく拡《ひろ》げられ、電車は到るところに、その唸《うな》るような電線の音を漲《みなぎ》らせた。明治十四年あたりの東京は？　泥濘《でいねい》の路に円太郎馬車《えんたろうばしゃ》の駛《はし》った東京は？　橋の袂《たもと》に飲食店の多く出ていた東京は？　箱馬車の通った時分の東京は？

電車が出来たために、市の繁華の場所も、次第に変って行った。郊外に住む人も、買物をするには、その近所で買わずに、電車で、市街の中心へと出て行った。従って三越《みつこし》、白木屋《しろきや》、松屋《まつや》などという呉服店も大きな構えとなった。

主として、電車の交叉《こうさ》するところ、客の乗降の多いところ、そういう箇所が今までの繁華を奪うようになって、市街の状態が一変した。銀座の尾張町《おわりちょう》の角、神田の須田町《すだちょう》、上野の広小路《ひろこうじ》、それに見付《みつけ》見付の街は昔とはまるで変ってしまった。

交通の便につれて、住民の種類の変って行くのは、むしろ本能的、無意識的と言っても好い位で、注意して見ると、其処《そこ》に一番烈《はげ》しい変遷の渦《うず》を巻いているのを見ることが出来た。

大通も殆ど渾《すべ》て江戸時代の面影《おもかげ》を失ってしまった。破壊と建設との縮図は、一時東京の市街に不思議な、不統一な光景を示したが、今ではそれも一段落ついたように、不統一のままに落付いてしまった。日比谷《ひびや》公園、凱旋《がいせん》道路、東京駅の大きな停車場、あそこいらあたりも、考えると、全く一変してしまったものだ。

日比谷は元は練兵場で、原の真中に大きな銀杏樹《いちょう》があって、それに秋は夕日がさし、夏は砂塵《さじん》、冬は泥濘で、此方《こちら》から向うに抜けるにすら容易でなかった。ことに、今の有楽町から桜田門《さくらだもん》に通ずる濠《ほり》に添った路は、雨が降ると路がわるく、車夫は車の歯の泥濘に埋れるのを滴《こぼ》したところである。そしてそれが尠《すくな》くとも明治二十七、八年まで、そういう風であった。そして日比谷の大神宮に行く途中に、グランド・ホテルという今ではあんな小さな小さな外国旅館なんぞ見たくても見られないようなホテルがあった。そこを歩いて私は中央新聞社に毎日通勤した。

私が東京に来た頃には、東京府庁は土橋《どばし》の中にあった。その時分には、さすがに、まだ江戸の昔の空気が処々に渦を巻いていて、高い火見櫓《ひのみやぐら》、大きな乳《ち》のついた門、なまこじっくいの塀などが並んだ。確か府の中学校もその構内にあった。私は一年二季に、僅《わず》かな父親の恩給の金を其処に受取りに行った。その頃は役人たちは日本風の家屋の一部に卓を並べて、傍《そば》に本箱を置いて、小さな硝子《ガラス》張りの口から書類を受渡しした。今では、田舎に行っても、もうそうした光景は容易に見られない。

従って丸《まる》の内《うち》は、いやに陰気で、さびしい、荒涼とした、むしろ衰退した気分が満ちわたっていて、宮城も奥深く雲の中に鎖《とざ》されているように思われた。何という相違であろう。今は濠《ほり》の四周を軽快な電車が走り、自動車が飛び、おりおりは飛行機までやって来た。今ではさびしさとか陰気とかいう分子は影も形も見せなくなってしまった。宮城の松、その上に靡《なび》く春の雲、遙かにそれと仰《あお》がれる振天府《しんてんふ》、すっかり新しく生々とした色を着けて来た。

外濠《そとぼり》の電車の通るあたりも、全く一変した。溜池《ためいけ》――その岸には、春はなず菜《な》、根芹《ねぜり》などが萌《も》えて、都人士が摘草《つみくさ》によく出かけて来たものだが、それが埋立てられて、今の賑《にぎ》やかな狭斜街になり、青山御所《あおやまごしょ》の向うには、大きな東宮御所《とうぐうごしょ》が建築された。この濠端《ほりばた》の花の見事なことは、今は東京名所の一つに数えても好い位だ。弁慶橋《べんけいばし》の柳の緑、春雨の煙《けむ》る朝などは、何とも言われない情趣に富んでいる。

四谷《よつや》、神楽坂《かぐらざか》、本郷《ほんごう》、この三つの通りは、城の外廓《がいかく》で賑やかなところであった。四谷はそう昔と変っていない。神楽坂も半分は元のままである。この濠端の道、これが随分長い殺風景な路で、春先、風の吹く頃はほこりが立って、古着屋の店に色の褪《あ》せた古い着物などが翻《ひるがえ》っていたものだが、今ではその面影をも見ることが出来ない。本郷の通りは概して幅広くなった。あの有名な粟餅《あわもち》の店ももうなくなった。

でも、下町、ことに、日本橋《にほんばし》の奥の方に行くと、今でも江戸の町の空気の残っているところがないでもない。親父橋《おやじばし》、思案橋《しあんばし》付近、横山町《よこやまちょう》あたり、そこらに行くと、土蔵《どぞう》が連《つらな》って並んでいたり、大きな問屋があったりして、何となく三百年の江戸の繁華の跡を見るような気がする。

それから下谷《したや》の竹町《たけちょう》、御徒町《おかちまち》の裏通りにも、こんなところがあるかと思われるような、二、三十年以上も時勢に後《おく》れた街の光景を見ることがある。そこには、江戸時代と言うよりも、むしろ明治十五、六年代の街の縮図を私に思わせる。

概して、東京の外廓は、新しく開けたものだ。新開町だ。勤人や学生の住むところだ。そこには昔の古い空気は残っていない。江戸の空気は、文明に圧されて、市の真中に、むしろ底の方に、微《かす》かに残っているのを見るばかりである。

こうして時は移って行く。あらゆる人物も、あらゆる事業も、あらゆる悲劇も、すべてその中へと一つ一つ永久に消えて行ってしまうのである。そして新しい時代と新しい人間とが、同じ地上を自分一人の生活のような顔をして歩いて行くのである。五十年後は?
百年後は?

（『東京の三十年』大正六年）

夜の隅田川

幸田露伴

夜の隅田川の事を話せと云ったって、別に珍らしいことはない、唯闇黒というばかりだ。しかし千住から吾妻橋、厩橋、両国から大橋、永代と下って行くと仮定すると、随分夜中に川へ出て漁猟《りょう》をして居る人が沢山ある。尤も冬などは沢山は出て居ない、然し冬でも鮒、鯉などは捕《と》れる魚だから、働いて居るものもたまにはある。それは皆んな夜縄を置いて朝早く捕るのである。此の夜縄をやるのは矢張り東京のものもやるが、世帯船《しょたいぶね》というやつで、生活の道具を一切備えている、底の扁《ひら》たい、後先もない様な、見苦しい小船に乗って居る余所《よそ》の国のものがやるのが多い。川続きであるから多く利根の方から隅田川へ入り込んで来る、意外に遠い北や東の国のものである。春から秋へかけては総ての漁猟の季節であるから、猶更左様いう東京からは東北の地方のものが来て働いて居る。

又其の上に海の方――羽田《はねだ》あたりからも隅田川へ入り込んで来て、鰻を捕って居るやつもある。羽田などの漁夫《りょうし》が東京の川へ来て居るというと、一寸聞くと合点がいかぬ人があるかも知れないが、それは実際の事で、船を見れば羽根田の方のは艄《みよし》の方が高くなって居るから一目で知れる。全体漁夫という者は、自分の漁場を大切にするから、他所へ出て利益があるという場合にはドシドシ他所へ出て往って漁をする。それは是非共漁の総ての関係からして、左様いうように仕なければ漁場が荒れて仕舞うので、年のいかないものや、働きの弱い年寄などは蹈切って他所へ出ることが出来ないから、自分の方の漁場だけで働いて居るが、腕骨の強い奴は何時でも他所へ出漁する。そういうわけで羽根田の漁夫も隅田川へ入り込んで来て捕って居るのだ。それも昼間は通船も多いし、漁も利かぬから夜縄で捕るのである。此等の船は隅田川へ入って来て、適宜の場所へ夜泊して仕事をして居る。斯ういうように遠くから出掛けて来るということは誠に結構なことで、これが益々盛になれば自然日本の漁夫も遠洋漁業などということになるので、詰り強い奴は遠洋へ出掛けてゆく、弱い奴は地方《じかた》近くに働いて居るという訳になるのだろう。

縄の外に筬《ど》を以って魚を捕ってるものもある。縄というのは長い縄へ短い糸の著いた鉤《はり》が著いたもので、此鉤というのは「ヒョットコ鉤」といって、絵に書いたヒョットコの口のようにオツに曲って居る鉤です。此鉤に種々の餌《えさ》を付けて置くので、其餌には蚯蚓や沙蚕《ごかい》も用いる、芋なども用いるが、其他に「ゴソッカイ」だの「エージンボー」だのという、陸《おか》にばかり居る人は名も知らないようなものがある。

それから又釣をして居る人もある。季節にもよるが、鰻を釣るので「珠数子釣《じゅずごづ》り」というをやらかして居る。これは娯楽にやる人もあり、営業にやる人もある。珠数子釣りは鉤は無くて、餌を絡《わが》ねて輪を作る、それを鰻が呑み込んだのを攩網《たま》で掬って捕るという仕方なのだ。面白くないということはないが、さりながら娯楽の目的には、ちと叶わないようなものである。同理別法で櫂釣《かいづり》というのを仕て居る人もある、此の方が多く獲れる。鉤を用いて鰻の夜釣をして居る人もある。時節によって鱸を釣ろうというので、夕方から船宿で船を借りて、夜釣をして居る人がある。その方法は全く娯楽の目的で、従って無論多く捕れるという訳にはゆかぬ。

大きな四ッ手網を枝川の口々へかけているものも可なり有る。これには商売人の方が九分であろう。雨の後などは随分やっているものだ。また春の未明には白魚すくいをやるものがある。これには商売人も素人もある。

マア、夜間通船の目的でなくて隅田川へ出て働いて居るのは大抵こんなもので、勿論種々の船は潮《しお》の加減で絶えず往来《ゆきき》して居る。船の運動は人の力ばかりでやるよりは、汐の力を利用した方が可い、だから夜分も随分船のゆききはある。筏などは昼に比較して却って夜の方が流すに便りが可いから、これも随分下りて来る。往復の船は舷灯の青色と赤色との位置で、往来《ゆきき》が互に判るようにして漕いで居る。あかりをつけずに無法にやって来るものもないではない。俗にそれを「シンネコ」というが、実にシンネコでもって大きな船がニョッと横合から顔をつん出して来るやつには弱る、危険千万だ。併し如何に素人でも夜中に船を浮べているようなものは、多少自分から頼むところがあるものが多いので、大した過失《あやまち》もなくて済み勝である。

人によると、隅田川も夜は淋しいだろうと云うが決してそうでない。陸の八百八街は夜中過ぎればそれこそ大層淋しいが、大川は通船の道路にもなって居る、漁士も出て居る、また闇の夜でも水の上は明るくて陽気なものであるから川は思ったよりも賑やかなものだ。新聞を見ても知れることで、身を投げても死損ねる、……却って助かる人の方が多い位に都の川というものは夜でも賑やかなものだ。尤も中川となると夜は淋しい、利根は猶お更のことだ。

大川も吾妻橋の上流《かみ》は、春の夜なぞは実によろしい。しかし花があり月があっても、夜景を称する遊船などは無いではないが余り多くない。屋根船屋形船は宵の中のもので、しかも左様いう船でも仕立てようという人は春でも秋でも花でも月でもかまうことは無い、酒だ妓《おんな》だ花牌《はな》だ虚栄《みえ》だと魂を使われて居る手合が多いのだから、大川の夜景などを賞しそうにも無い訳だ。まして川霧の下を筏の火が淡く燃えながら行く夜明方の空に、杜鵑が満川の詩思を叫んで去るという清絶爽絶の趣を賞することをやだ。

（「文芸界」明治三五年九月定期増刊号）

山の手小景

泉　鏡花

矢来町《やらいちょう》

「お美津《みつ》、おい、一寸《ちょっと》、あれ見《み》い」と肩を擦合《すりあ》わせて居《い》る細君《さいくん》を呼んだ。旦那、その夜《よ》の出《で》と謂《い》うは、黄《き》な縞《しま》の銘仙《めいせん》の袷《あわせ》に白縮緬《しろちりめん》の帯《おび》、下《した》にフランネルの襯衣《シャツ》、これを長襦袢《ながじゅばん》位《くらい》に心得て居《い》る人だから、けばけばしく一着《いっちゃく》して、羽織《はおり》は着ず、洋杖《ステッキ》をついて、紺足袋《こんたび》、山高帽《やまたかぼう》を頂《いただ》いて居《い》る、脊の高い人物。

「何ですか」

と一寸《ちょっと》横顔を旦那の方に振《ふり》向けて、直《す》ぐに返事をした。この細君《さいくん》が、恁《こ》う又直《またただ》ちに良人《おっと》の口に応じたのは、蓋《けだ》し珍しいので。……西洋の諺《ことわざ》にも、能弁《のうべん》は銀の如《ごと》く、沈黙は金《きん》の如《ごと》しとある。

然《さ》れば、神楽坂《かぐらざか》へ行《い》きがけに、前刻《さっき》郵便局の前あたりで、水入らずの夫婦が散歩に出《で》たのに、余《あま》り話がないから、

(美津《みつ》、下駄《げた》を買《こ》うてやるか)と言って見たが、黙って返事をしなかった。貞淑《ていしゅく》なる細《さい》君《くん》は、其の品位を保《たも》つこと、恰《あたか》も大籬《おおまがき》の遊女《ゆうじょ》の如《ごと》く、廊下《ろうか》で会話を交《まじ》えるのは、働《はした》ないと思ったのであろう。

(ああん、このさきの下駄屋《げたや》の方が可《ええ》か、お前好《まえすき》な処《ところ》で買え、ああん)と念《ねん》を入《い》れて見《み》たが、矢張《やっぱり》黙って、爾時《そのとき》は、おなじ横顔を一寸背《ちょっとそむ》けて、あらぬ処《ところ》を見た。

丁度《ちょうど》左《ひだり》側を、二十ばかりの色《いろ》の白い男が通った。旦那は稍濁《ややにご》った声の調子高《だか》に、

(ああん、何《ど》うじゃ)

(嫌《いや》ですことねえ)と何とも着《つ》かぬことを謂《い》ったのであるが、其間《そのかん》の消息自《おのずか》ら神契黙会《しんけいもくかい》。

(にやけた奴《やつ》じゃ、国賊《こくぞく》ちゅう!)と快《こころよ》げに、小指の尖《さき》ほどな黒子《ほくろ》のある平《ひらた》な小鼻《こばな》を蠢《うごめ》かしたのである。謂《い》うまでもないが、此《こ》のほくろは極めて僥倖《ぎょうこう》に半《なかば》は髯《ひげ》にかくれて居《い》るので。さて銀側《ぎんがわ》の懐中《かいちゅう》時計は、散策の際《さい》も身《み》を放《はな》さず、件《くだん》の帯に巻着けてあるのだから、時《とき》は自分《じぶん》にも明かであろう、前《さき》に郵便局《ゆうびんきょく》の前を通ったのが六時三十分で、帰り途《みち》に通懸《とおりかか》ったのが、十一時少々《しょうしょう》過《す》ぎて居《い》た。

夏の初めではあるけれども、夜の此《こ》の時分に成《な》ると薄ら寒《さむ》いのに、細君《さいくん》の出《で》は縞《しま》のフランネルに糸織《いとおり》の羽織、素足《すあし》に踏台《ふみだい》を俯着《うつつ》けて居《い》る、語を換えて謂えば、高い駒下駄《こまげた》を穿《は》いたので、悉《くわ》しく言えば泥ぽッくり。旦那が役所へ通《かよ》う靴の尖《さき》は輝《かがや》いて居《い》るけれども、細君《さいくん》

の他所行《よそいき》の穿物《はきもの》は、むさくるしいほど泥塗《どろまみ》れであるが、惟《おも》うに玄関番《げんかんばん》の学僕《がくぼく》が、悲憤慷慨《ひふんこうがい》の士《し》で、女の足につけるものを打棄《うっちゃ》って置《お》くのであろう。其《そ》の穿物《はきもの》が重《おも》いために、細君《さいくん》の足《あし》の運《はこ》び敏活《びんかつ》ならず。が其《それ》の所為《せい》で散策《さんさく》に係《かか》る長時間《ちょうじかん》を費《ついや》したのではない。

最《もっと》も神楽坂《かぐらざか》を歩行《ある》くのは、細君《さいくん》の身に取って、些《ちっ》とも楽《たのし》みなことはなかった。既《すで》に日《ひ》の内《うち》におさんを連《つ》れて、其《そ》の折《おり》は、二枚袷《にまいあわせ》に長襦袢《ながじゅばん》、小紋縮緬《こもんちりめん》三《み》ツ紋《もん》の羽織《はおり》で、白足袋《しろたび》。何《なん》のためか深張傘《ふかばりがさ》をさして、一度、やすもの売《うり》の肴屋《さかなや》へ、お総菜《そうざい》の鯔《ぼら》を買《か》いに出たから。

茗荷谷《みょうがだに》

「おう、苺《いちご》だ苺だ、飛切《とびきり》の苺だい、負《まか》った負《まか》った」

小石川茗荷谷《こいしかわみょうがだに》から台町《だいまち》へ上《あが》ろうとする爪先上《つまさきあが》り。両側に大藪《おおやぶ》があるから、俗《ぞく》に暗がり坂《ざか》と称《とな》える位《ぐらい》、竹《たけ》の葉《は》の空を鎖《とざ》して真暗《まっくら》な中《なか》から、烏瓜《からすうり》の花が一面に、白い星のような弁《はなびら》を吐《は》いて、東雲《しののめ》の色が颯《さっ》と射《さ》す。坂の上の方から、其《そ》の苺だ、苺だ、と威勢《いせい》よく呼《よば》わりながら、跣足《はだし》ですたすたと下《お》りて来《く》る、一名《いちめい》の童《わっぱ》がある。

嬉《うれ》しくッて嬉しくッて、雀躍《こおどり》をするような足《あし》どりで、「やっちゃ場《ば》ァ負《まか》ったい。おう、負《まか》った、負《まか》った、わっしょいわっしょい」。

やがて坂の下口《おりくち》に来て、もう一足《ひとあし》で、藪《やぶ》の暗がりから茗荷谷《みょうがだに》へ出ようとする時、「おくんな」と言って、藪《やぶ》の下をちょこちょこと出た、九ツばかりの男《おとこ》の児《こ》。脊丈《せたけ》より横幅の方《ほう》が広《ひろ》いほどな、提革鞄《さげかばん》の古《ふる》いのを、幾処《いくところ》も結目《むすびめ》を拵《こしら》えて肩《かた》から斜《なな》めに脊負《せお》うている。これは界隈《かいわい》の貧民《ひんみん》の児《こ》で、ついこの茗荷谷《みょうがだに》の上《うえ》に在《あ》る、補育院《ほいくいん》と称《とな》えて月謝《げっしゃ》を取《と》らず、時《とき》とすると、読本《とくほん》、墨《すみ》の類《るい》が施《ほどこし》に出《で》て、其上《そのうえ》、通学《つうがく》する児《こ》の、其《そ》の日暮《ひぐら》しの親達、父親なり、母親なり、日を久《ひさ》しく煩《わずら》ったり、雨が降続《ふりつづ》いたり、窮境目《きゅうきょうめ》も当《あ》てられない憂目《うきめ》に逢《あ》うなんどの場合には、教師《きょうし》の情《なさけ》で手当《てあて》の出《で》ることさえある、院《いん》というが私立の幼稚園をかねた小学校へ通学《つうがく》するので。

今大塚の樹立《こだち》の方から颯《さっ》と光線を射越《いこ》して、露が煌々《きらきら》する路傍《ろぼう》の草へ、小さな片足を入れて、上《うえ》から下《お》りて来る者の道を開いて待構《まちかま》えると、前とは違《ちが》い、歩《ほ》を緩《ゆる》う、のさのさと顕《あら》われたは、藪亀《やぶかめ》にても蟇《ひき》にても……蝶々蜻蛉《ちょうちょうとんぼ》の餓鬼大将《がきだいしょう》。駄々《だだ》を捏《こ》ねて、泣癖《なきくせ》が著《つ》いたらしい。への字形《じなり》の典形口《いがみぐち》、両《りょう》の頬辺《ほほべた》へ高慢《こうまん》な筋《すじ》を入《い》れて、渋《しぶ》を刷《は》いたような顔色《がんしょく》。ちょんぼりとある薄《うす》い眉《まゆ》は何《どう》やらいたいけな造《つくり》だけれども、鬼《おに》薊《あざみ》の花《はな》かとばかりすらすらと毛《け》が伸《の》びて、悪い天窓《あたま》でも撫《な》でてやったら掌《てのひら》へ刺《ささ》りそうでとげとげしい。

着物は申すまでもなし、土と砂利《じゃり》と松脂《まつやに》と飴《あめ》ン棒《ぼう》を等分《とうぶん》に交《ま》ぜて天日《てんぴ》に乾《かわ》したものに外《ほか》ならず。

勿論《もちろん》素跣足《すはだし》で、小脇《こわき》に隠《かく》したものを其《その》まま持《も》って出《で》て来《き》たが、唯《と》見《み》れば、目笊《めざる》の中充満《なかいっぱい》に葉《は》ながら撮《つ》んだ苺《いちご》であった。

童《わっぱ》は猿眼《さるまなこ》で稚《ちいさ》いのを見《み》ると苦笑《にがわらい》をして、

「おお！　吉公《きちこう》か、ちょッ」

と舌打《したうち》、生意気《なまいき》なもの言《い》いで、

「驚《おどろ》かしやがった、厭《いや》になるぜ」

苺《いちご》は盗《ぬす》んだものであった。


（『柳筥』明治四一年）

深川の唄

永井荷風

一

四谷見付から築地両国行の電車に乗った。別に何処へ行くと云う当もない。船でも車でも、動いて居るものに乗って、身体《からだ》を揺《ゆす》られるのが、自分には一種の快感を起させるからで。これは紐育《ニューヨーク》の高架鉄道、巴里《パリー》の乗合馬車の屋根裏、セエヌの河船なぞで、何時とはなしに妙な習慣になってしまった。

いい天気である。あたたかい。風も吹かない。十二月も早や二十日過ぎなので、電車の馳せ行く麹町の大通りには、松竹《まつたけ》の注目飾《しめかざ》り、鬼灯提灯《ほおずきちょうちん》、引幕、高張、幟や旗のさまざまが、汚れた瓦屋根と、新築した家の生々しい木の板とに対照して、少しの調和もない混乱をば、猶更無残に、三時過ぎの日光《ひかげ》が斜めに眩しく照している。調子の合わない広告の楽隊が彼方此方《かなたこなた》から騒々しく囃し立てて居る。人通りは随分烈しい。

けれども、電車の中は案外すいていて、黄《きいろ》い軍服をつけた大尉らしい軍人が一人、片隅に小さくなって兵卒が二人、折革包《おりかばん》を膝にして請負師風の男が一人、掛取りらしい商人《あきんど》が三人、女学生が二人、それに新宿か四ツ谷の婆芸者《ばばあげいしゃ》らしい女が一人乗って居るばかりであった。日の光が斜めに窓からさし込むので、それを真面《まとも》に受けた大尉の垢じみた横顔には剃らない無性髯が一本々々針のように光っている。女学生のでこでこした庇髪が赤ちゃけて、油についた塵《ごみ》が二目と見られぬ程きたならしい。一同黙っていずれも唇を半開きにしたまま遣り場のない目で互に顔を見合わして居る。伏目になって、いろいろの下駄や靴の先が並んだ乗客の足元を見て居るものもある。何万円とか書いた福引の広告ももう一向に人の視線を引かぬらしい。婆芸者が土色した薄《うすッ》ぺらな唇を捩じ曲げてチュウッチュウッと音高く虫歯を吸う。請負師が大呿《おおあくび》の後でウーイと一ツ噯《おくび》をする。車掌が身体を折れる程に反《そら》して時々はずれる後の綱をば引き直して居る。

麹町の三丁目で、ぶら提灯と大きな白木綿の風呂敷包を持ち、ねんねこ半纏で赤児を負《おぶ》った四十ばかりの醜い女房と、ベースボールの道具を携えた少年が二人乗った。少年が夢中で昨日済んだ学期試験の成績を話し出す。突然けたたましく泣き出す赤児の声に婆芸者の歯を吸う響ももう聞えなくなった。乗客は皆《みん》な泣く子の顔を見て居る。女房はねんねこ半纏の紐をといて赤児を抱き下し、渋紙のような肌をば平気で、襟垢だらけの襟を割って乳房を含ませる。赤児がやっとの事泣き止んだかと思うと、車掌が、「半蔵門、半蔵門でございます。九段、市ケ谷、本郷、神田、小石川方面のお方はお乗換え——あなた小石川はお乗換ですよ。お早く願います」と注意されて女房は真黒な乳房をぶらぶら、片手に赤児片手に提灯と風呂敷包みを抱え込み、周章《あわ》てふためいて降り掛ける。其の入口からは、待って居た乗客が案外にすいて居る車と見るや猶更に先きを争い、出ようとする女房を押しかえして、われ勝ちに座を占める。赤児がヒーヒー喚き立てる。おしめが滑り落ちる。乗客が構わず其れをば踏み付けて行こうとするので、此度《こんど》は女房が死物狂いに叫び出した。口癖になった車掌は黄《きいろ》い声で、

「お忘れものの御在いませんように」と注意したが、見るから汚いおしめの有様。と云って黙って打捨てても置かれず、詮方なしに「おあぶのう御在いますから、御ゆるり願います」

漸くにして、チインと引く鈴の音。

「動きます」

車掌の声に電車ががたりと動くや否や、席を取りそこねて立って居た半白の婆に、其の娘らしい十八九の銀杏返し《いちょうがえ》前垂掛《まえだれが》けの女が、二人一度に揃って倒れかけそうにして危くも釣革に取りすがった。同時に、

「あいたッ」と足を踏まれて叫んだものがある。半纏股引の職人である。

「まア、どうぞ御免なすって……」と銀杏返しは顔を真赤に腰をかがめて会釈しようとすると、電車の動揺で又よろけ掛ける。

「ああ、こわい」

「おかけなさい。姉さん」

薄髯の二重廻《にじゅうまわし》が殊勝らしく席を譲った。

「どうもありがとう……」

然し腰をかけたのは母らしい半白の婆であった。若い女は丈伸《せのび》をするほど手を延ばして吊革を握締める。其袖口からどうかすると脇の下まで見え透きそうになるのを、頻と気にして絶えず片手でメレンスの襦袢の袖口を押さえている。車はゆるやかな坂道をば静かに心地よく馳せ下りて行く。突然足を踏まれた先刻《さっき》の職人が鼾声《いびき》をかき出す。誰れかが報知新聞の雑報を音読し初めた。

三宅坂の停留場は何の混雑もなく過ぎて、車は瘤だらけに枯れた柳の並木の下をば土手に沿うて走る。往来の右側、いつでも夏らしく繁った老樹の下に、三四台の荷車が休んで居る。二頭立の箱馬車が電車を追抜けて行った。左側は車の窓から濠《ほり》の景色が絵のように見える。石垣と松の繁りを頂いた高い土手が、出たり這入ったりして、その傾斜のやがて静かに水に接する処、日の光に照らされた岸の曲線は見渡すかぎり、繁くほど鮮かに強く引立って見えた。青く濁った水の面は鏡の如く両岸の土手を蔽う雑草をはじめ、柳の細い枝も一条《ひとすじ》残さず、高い空の浮雲までをそのままはっきりと映して居る。それをば土手に群《むら》がる水鳥が幾羽となく飛入っては絶えず、羽ばたきの水沫《しぶき》に動し砕く。岸に沿うて電車がまがった。濠の水は一層広く一層静かに望まれ、その端《はず》れに立っている桜田門の真白な壁が夕方前の稍濁った日の光に薄く色づいた儘いずれが影いずれが実在の物とも見分けられぬほど鮮かに水の面に映って居る。間もなく日比谷の公園外を通る。電車は広い大通りを越して向側の稍狭い街の角に止まるのを待ちきれず二三人の男が飛び下りた。

「止りましてからお降り下さい」と車掌の云うより先に一人が早くも転んでしまった。無論大した怪我ではないと合点して、車掌は見向きもせず、曲り角の大厄難、後の綱のはずれかかるのを一生懸命に引直す。車は八重《やえ》に重《かさな》る線路の上をガタガタと行悩んで、定めの停留場に着くと、其処に待っている一団の群集。中には大きな荷物を脊負った商人も二三人交っていた。

例の上《あが》り降りの混雑。車掌は声を黄《きいろ》くして、

「どうぞ中の方へ願います。恐入りますが、もう少々最一《もうひと》ツ先きの釣革に願います。込み合いますから御懐中物を御用心。動きます。只今お乗り換えの方は切符を拝見致します。次は数寄屋橋、お乗換の方は御在いませんか」

「ありますよ。鳥渡《ちょいと》、乗りかえ。本所は乗り換えじゃないんですか」。髪を切り下げにした隠居風の老婆が逸早く叫んだ。

けれども車掌は片隅から一人々々に切符を切て行く忙しさ。「往復で御在いますか。十銭銀貨で一銭のお釣で御在います。お乗換は御在いませんか」。

「乗換ですよ。ちょいと」。本所行の老婆は首でも絞められるように、もう金切声《かなきりごえ》になっている。

「おい、回数券だ、三十回……」

鳥打帽に双子縞《ふたこじま》の尻端折《しりはしおり》、下には長い毛糸の靴足袋に編上げ靴を穿いた自転車屋の手代とでも云いそうな男が、一円紙幣《さつ》二枚を車掌に渡した。車掌は受取ったなり向うを見て、狼狽《あわ》てて出て行き数寄屋橋へ停車の先触《さきぶ》れをする。尾張町まで来ても回数券を持って来ぬので、今度は老婆の代りに心配しだしたのは此の手代《てだい》で。然しさすがに声はかけず、鋭い眼付で瞬き一ツせず車掌の姿に注目していた。車の硝子窓から、印度や南清《なんしん》の殖民地で見るような質素な実利的な西洋館が街の両側に続いて見え出した。車の音が俄かに激しい。調子の合わない楽隊が再び聞える。乃ち銀座の大通を横切るのである。乗客の中には三人連の草鞋《わらじ》ばき菅笠《すげがさ》の田舎ものまで交って、又一層の大混雑《おおこんざつ》。後の降り口の方には乗客が息もつけない程に押合い今にも撲り合いの喧嘩でも始めそうに云い罵っている。

「込み合いますから、どうぞお二側《ふたかわ》に願います」

釣革をば一ツ残らずいろいろの手が引張っている。指環の輝くやさしい白い手の隣りには馬蹄《ひづめ》のように厚い母指《おやゆび》の爪が聳えている。垢だらけの綿ネルシャツの袖口は金ボタンのカフスと相接した。乗換切符の要求、田舎ものの狼狽。車の中は頭痛のするほど騒《さわが》しい中に、いつか下町の優しい女の話声も交るようになった。

木挽町の河岸《かし》へ止った時、混雑にまぎれて乗り逃げしかけたものがあるとか云うので、車掌が向うの露地口まで、中折帽に提革包《さげかばん》の男を追いかけて行った。後からつづいて停車した電車の車掌までが加勢に出かけて、往来際には直様《すぐさま》物見高い見物人が寄り集った。

車の中から席を去って出口まで見に行くものもある。「けちけちするない――早く出さねえか――正直に銭を払ってる此輩《こちとら》アいい迷惑だ」と叫ぶものもある。

不時の停車を幸いに、後《おく》れ走《ば》せにかけつけた二三人が、あわてて乗込んだ。その最後の一人は、一時に車中の目を引いた程の美人で、赤いてがらをかけた年は二十二三の丸髷である。オリブ色の吾妻コートの袂のふりから二枚重《にまいがさね》の紅裏《もみうら》を揃わせ、片手に進物の菓子折でもあるらしい絞りの福紗包《ふくさづつみ》を持ち、出口に近い釣革へつかまると、其の下の腰掛から、

「あら、よし子さんじゃ在《い》らッしゃいませんか」と同じ年頃、同じような風俗《みなり》の同じよう

な丸髷が声をかけた。

「あら、まア……」と立っている丸髷はいかにも此の奇遇に驚いたらしく言葉をきる。

「五年ぶり……もっとになるかも知れませんわね。よし子さん」

「ほんとに……あの、藤村《ふじむら》さんの御宅で校友会のあったあの時お目にかかったきりでしたねえ」

電車がやっと動き始めた。

「よし子さん、おかけ遊ばせよ、かかりますよ」と下なる丸髷は、かなりに窮屈らしく詰まっている腰掛をグット左の方へ押しつめた。

押詰められて、じじむさい襟巻した金貸らしい爺《おやじ》が不満らしく横目に睨みかえしたが、真白な女の襟元に、文句は云えず、押し敷かれた古臭い二重廻しの翼《はね》を、だいじそうに引取りながら、順送りに席を居《い》ざった。赤いてがらは腰をかけ、両袖と福紗包《ふくさづつみ》を膝の上にのせて、

「校友会はどうしちまったんでしょう、この頃はさっぱり会費も取りに来ないんですよ」

「藤村さんも、おいそがしいんですよ、きっと。何しろ、あれだけのお店ですからね」

「お宅さまでは皆さまおかわりも……」

「は、ありがとう」

「どちらまで行《い》らッしゃいますの、私はもう、すぐそこで下りますの」

「新富町ですか。わたくしは……」

云いかけた処へ車掌が順送りに賃銭を取りに来た。赤いてがらの細君は帯の間から塩瀬《しおぜ》の小《ちい》さい紙入を出して、あざやかな発音で静かに、

「のりかえ、ふかがわ」

「茅場町《かやばちょう》でおのりかえ」と車掌が地方訛《いなかなま》りで蛇足を加えた。

真直な往来の両側には、意気な格子戸、板塀つづき、磨《すり》がらすの軒灯さてはまた霜よけした松の枝越し、二階の欄干《てすり》に黄八丈に手拭地の浴衣をかさねた褞袍《どてら》を干した家もある。行書で太く書いた「鳥」「蒲焼」なぞの行灯《あんどう》があちらこちらに見える。忽ち左右がぱッと明く開けて電車は一条の橋へと登りかけた。

左の方に同じような木造の橋が浮いている。見下すと河岸《かし》の石垣は直線に伸びてやがて正しい角度に曲っている。池かと思う程静止した堀割の水は河岸通に続く格子戸づくりの二階家から、正面に見える古風な忍返《しのびがえし》をつけた黒板塀の影までをはっきり映している。丁度汐時であろう。泊っている荷舟の苫屋根《とまやね》が従来よりも高く持上って、物を煮る青い煙が風のない空中へと真直に立昇っている。鯉口半纏《こいぐちばんてん》に向鉢巻の女房が舷《ふなばた》から子供のおかわを洗っている。橋の向角《むこうかど》には「かしぶね」とした真白な新しい行灯と葭簀《よしず》を片寄せた

店先の障子が見え、石垣の下には舟板を一枚残らず綺麗に組み並べた釣舟が四五艘浮いている。人通りは殆どない、もう四時過ぎたかも知れない。傾いた日輪をば眩しくもなく正面《まとも》に見詰める事が出来る。此の黄味《きいろみ》の強い赤い夕陽《ゆうひ》の光に照りつけられて、見渡す人家、堀割、石垣、凡ての物の側面は、その角度を鋭く鮮明にしては居たが、然し日本の空気の是非なさは遠近を区別すべき些少の濃淡をもつけないので、堀割の眺望《ながめ》はさながら旧式の芝居の平《ひらた》い書割としか思われない。それが今、自分の眼には却って一層適切に、黙阿弥、小団次、菊五郎等の舞台をば、遺憾なく思い返させた。あの貸舟、格子戸づくり、忍返し……。

折もよく海鼠壁《なまこかべ》の芝居小屋を過ぎる。然るに車掌が何事ぞ、「スントミ町」と発音した。

丸髷の一人は席を立って、「それじゃ、御免ください、どうぞお宅へよろしく」。「ちッと、おひまの時いらしッて下さい。さよなら」

電車は桜橋を渡った。堀割は以前のよりもずッと広く、荷船の往来《ゆきき》も忙しく見えたが、道路は建て込んだ小家と小売店《こうりみせ》の松かざりに、築地の通りよりも狭く貧しげに見え、人が何と云う事もなく入り乱れて、ぞろぞろ歩いて居る。坂本公園前に停車すると、それなり如何程待って居ても更に出発する様子はない。後にも先にも電車が止っている。運転手も車掌もいつの間にやら何処へか行ってしまった。

「又喰《くら》ったんだ。停電にちげえねえ」

糸織の羽織に雪駄《せった》ばきの商人が臘虎《らっこ》の襟巻した赧《あか》ら顔《がお》の連れなる爺《じじい》を顧みた。萌黄《もえぎ》の小包を首にかけた小僧が逸早《いちはや》く飛出して、「やア、電車の行列だ。先の見えねえほど続いてらア」と叫ぶ。

車掌が革包《かばん》を小脇に押えながら、帽子を阿弥陀に汗をふきふき駈け戻って来て、「お気の毒様ですがお乗りかえの方はお降りを願います」。

声を聞くと共に乗客の大半は一度に席を立った。其の中には唇を尖らして、「どうしたんだ。余程《よっぽど》ひまが掛るのか」。

「相済みません、この通りで御在います。茅場町までつづいて居りますから……」

菓子折らしい福紗包を携えた彼《か》の丸髷の美人が車を下りた最後の乗客であった。

二

自分は既に述べたよう何処へも行く当てはない。大勢が下車する其の場の騒ぎに引入れられて何心もなく席を立ったが、すると車掌は自分が要求もせぬのに深川行の乗換切符を渡してくれた。

人家の屋根に日を遮られた往来には海老色に塗り立てた電車が二三町も長く続いている。茅場町の通りから斜めにさし込んで来る日光《ひかげ》で、向角《むこうかど》に高く低く不揃に立っている幾棟の西洋造りが、屋根と窓ばかりで何一ツ彫刻の装飾をも施さぬ結果であろう。如何にも貧相に厚みも重みもない物置小屋のように見えた。往来の上に縦横の網目を張って居る電線が透明な冬の空の眺望を目まぐるしく妨げている。昨日あたり山から伐出して来たと云わぬばかりの生々しい丸太の電柱が、どうかすると向うの見えぬ程遠慮会釈もなく突立っている。其の上に意匠の技術を無視した色のわるいペンキ塗の広告がベタベタ貼ってある。竹の葉の汚らしく枯れた松飾りの間からは、家の軒毎に各自勝手の幟《のぼり》や旗が出してあるのが、いずれも紫とか赤とか云う極めて単純な色ばかりを択んでいる。

自分は憤然として昔の深川を思返した。幸い乗換の切符は手の中《うち》にある。自分は浅間しい此の都会の中心から一飛びに深川へ行こう――深川へ逃げて行こうと云う抑えられぬ欲望に迫《せ》められた。

数年前まで、自分が日本を去るまで、水の深川は久しい間、あらゆる自分の趣味、恍惚、悲しみ、悦びの感激を満足させてくれた処であった。電車はまだ布設されていなかったが既に其の頃から、東京市街の美観は散々に破壊されていた中で、河を越した彼《か》の場末の一劃ばかりがわずかに淋しく悲しい裏町の眺望《ながめ》の中《うち》に、衰残と零落との云尽し得ぬ純粋一致調和の美を味《あじ》わして呉れたのである。

其の頃、繁華な市中から此の深川へ来るには電車の便はなし、人力車は賃銭の高いばかりか何年間とも知れず永代橋の橋普請で、近所の往来は竹矢来で狭《せば》められ、小石や砂利で車の通れぬ程荒らされていた処から、誰《た》れも彼れも、皆汐溜から出て三十間堀の堀割を通って来る小さな石油の蒸汽船、もしくは、南八丁堀の河岸縁《かしぶち》に、「出ますよ出ますよ」と呼びながら一向出発せずに豆腐屋のような鈴ばかり鳴し立てている櫓舟《ろぶね》に乗り、石川島を向うに望んで越前堀に添い、やがて、引汐上汐の波にゆられながら、印度洋でも横断するようにやっとの事で永代橋の河下を横ぎり、越中島から蛤町《はまぐりちょう》の堀割に這入るのであった。不動様のお三日《さんにち》と云う午過《ひるす》ぎなぞ参詣戻りの人々が筑波根《つくばね》、繭玉、成田山の提灯、泥細工《つちざいく》の住吉踊の人形なぞ、さまざまな玩具《おもちゃ》を手にさげた其の中には根下《ねさが》りの銀杏返《いちょうがえ》しや印半纏の頭《かしら》なども交っていて、幾艘の早舟は櫓の音を揃え、碇泊した荷舟の間をば声を掛け合い、静な潮《うしお》に従って流れて行く。水にうつる人々の衣服や玩具《おもちゃ》や提灯の色、それをば諸車止《しょしゃどめ》と高札打ったる朽ちた木の橋から欄干に凭れて眺め送る心地の如何に絵画的であったろう。

夏中洲崎《すさき》の遊廓に、灯籠の催しのあった時分、夜おそく舟で通《かよ》った景色をも、自分は一生忘れまい。苫《とま》のかげから漏れる鈍い火影《ほかげ》が、酒に酔《え》って喧嘩している裸体《はだか》の船頭を照す。川添いの小家の裏窓から、いやらしい姿をした女が、文身《ほりもの》した裸体《はだか》の男と酒を呑んでいるのが見える。水門の忍返しから老木《おいき》の松が水の上に枝を延した庭構へ、灯影《ほかげ》しずかな料理屋の二階から芸者の歌う唄が聞える。月が出る。倉庫の屋根のかげになって、片側は真暗な河岸縁《かしぶち》を新内のながしが通る。水の光で明く見える板橋の上を提灯つけた車が走る。それ等の景色をば云い知れず美しく悲しく感じて、満腔の詩情を托した其頃の自分は若いものであった。煩悶を知らなかった。江戸趣味の恍惚のみに満足して、心は実に平和であった。硯友社の芸術を立派なもの、新しいものだと思っていた。近松や西鶴が残した文章で、如何なる感情の激動をも云尽し得るものと安心していた。音波の動揺、色彩の濃淡、空気の軽重《けいちょう》、そんな事は少しも自分の神経を刺戟しなかった。そんな事は芸術の範囲に入《い》るべきものとは少しも予想しなかった。日本は永久自分の住む処、日本語は永久自分の感情を自由に云い現して呉れるものだと信じて疑わなかった。

自分は今、髯をはやし、洋服を着ている。電気鉄道に乗って、鉄で出来た永代橋を渡るのだ。時代の激変をどうして感ぜずにいられよう。

夕陽《ゆうひ》は荷舟や檣《ほばしら》の輻輳している越前堀からずっと遠くの方をば、眩《まぶ》しく烟のように曇らしている。影のように黒く立つ石川島の前側に、いつも幾艘となく碇泊して居る帆前船の横腹は、赤々と日の光に彩られた。橋の下から湧き昇る石炭の煙が、時々は先の見えぬ程、橋の上に立ち迷う。これだけは以前に変らぬ眺めであったが、自分の眼は忽ち佃島の彼方から深川へとかけられた一条《ひとすじ》の長い橋の姿に驚かされた。堤の上の小さい松の並木、橋の上の人影までが、はっきり絵のように見える。自分は永代橋の向岸《むこうぎし》で電車を下りた。其の頃は殆ど門並《かどな》みに知っていた深川の大通り。角の蛤屋には意気な女房がいた。名物の煎餅屋の娘はどうしたか知ら。一時跡方もなく消失せてしまった二十歳《はたち》時分の記憶を呼び返そうと、自分はきょろきょろしながら歩く。

無論それらしい娘も女房も今は見当てられよう筈はない。然し深川の大通りは相変らず日あたりが悪く、妙に此の土地ばかり薄寒いような気がして、市中は風もなかったのに、此処では松かざりの竹の葉がざわざわ云って動いている。よく見覚えのある深川座の幟がたった一本淋し気に、昔の通り、横町の曲角に立っていたので、自分は道路の新しく取広げられたのをも殆んど気付かず、心は全く十年前のなつかしい昔に立返る事が出来た。

つい名を忘れてしまった。思い出せない――一条《いちじょう》の板橋を渡ると、やがて左へ曲る横町に幟の如く釣した幾筋の手拭が見える。紺と黒と柿色の配合が、全体に色のない場末の町とて殊更強く人目を牽く。自分は深川に名高い不動の社《やしろ》であると、直様思返してその方へ曲った。

細い溝にかかった石橋を前にして、「内陣、新吉原講」と金字《きんじ》で書いた鉄門をはいると、真直な敷石道の左右に並ぶ休茶屋の暖簾《のれん》と、奉納の手拭が目覚めるばかり連続《つなが》って、その奥深く石段を上った小高い処に、本殿の屋根が夕日を受けながら黒く聳えて居る。参詣の人が二人三人と絶えず上《あが》り降《お》りする石段の下には易者の机や、筑波根売りの露店が二三軒出ていた。其のそばに児守《こもり》や子供や人が大勢立止っているので、何かと近《ちか》づいて見ると、坊主頭の老人が木魚を叩いて阿呆陀羅経《あほだらきょう》をやっているのであった。阿呆陀羅経のとなりには塵埃《ほこり》で灰色になった頭髪《かみのけ》をぼうぼう生した盲目《めくら》の男が、三味線《しゃみせん》を抱えて小さく身をかがめながら蹲踞《しゃが》んでいた。阿呆陀羅経を聞き飽きた参詣戻りの人達が三人四人立止る砂利の上の足音を聞分けて、盲目《めくら》の男は懐中《ふところ》に入れた樫のばちを取り出し、鳥渡《ちょっと》調子をしらべる三の糸から直ぐチントンシャンと弾き出して、低い呂《リョ》の声を咽喉《のど》へと呑み込んで、

あきイ――――の夜《よ》――――ウ

と長く引張ったところで、つく息と共に汚い白眼《しろめ》をきょろりとさせ、仰向ける顔と共に首を斜めに振りながら、

夜《よ》は――――ア

と歌った。声は枯れている。三味線の一の糸には少しのさわりもない。けれども、歌《うた》い出《だ》しの「秋――――」と云う節廻しから拍子の間取りが、山の手の芸者などには到底聞く事の出来ぬ正確《たしか》な歌沢節《うたざわぶし》であった。自分はなつかしいばかりで無い、非常な尊敬の念を感じて、男の顔をば何んと云う事もなくしげしげ眺めた。

さして年老《としと》っていると云うでもない。無論明治になってから生れた人であろう。自分は何の理由もなく、かの男は生れついての盲目《めくら》ではないような気がした。小学校で地理とか数学とか、事によったら、以前の小学制度で、高等科に英語の初歩位学んだ事がありはしまいか。けれども、江戸伝来の趣味性は九州の足軽風情が経営した俗悪蕪雑な「明治」と一致する事が出来ず、家産を失うと共に盲目《めくら》になった。そして栄華の昔には洒落半分の理想であった芸に身を助けられる哀れな境遇に落ちたのであろう。その昔、芝居茶屋の混雑、お浚《さら》いの座敷の緋毛氈《ひもうせん》、祭礼の万灯花笠《まんどうはながさ》に酔《え》った其の眼は永久に光を失ったばかりに、却て浅間しい電車や電線や薄ッぺらな西洋づくりを打仰ぐ不幸を知らない。よし又、知ったにしても、こう云う江戸ッ児は吾等近代の人の如く熱烈な嫌悪憤怒《けんおふんぬ》を感じまい。我れながら解せられぬ煩悶に苦しむような執着を持っていまい。江戸の人は早く諦めをつけてしまう。すぐと自分で自分を冷笑する特徴をそなえて居るから。

高い三の糸が頻りに響く。おとするものは――アと歌って、盲人《もうじん》は首をひょいと前につき出し顔をしかめて、

鐘――エエばアかり――

と云う一番高い節廻《ふしまわし》をば枯れた自分の咽喉《のど》をよく承知して、巧に裏声を使って逃げてしまった。

夕日が左手の梅林《うめばやし》から流れて盲人《もうじん》の横顔を照す。しゃがんだ哀れな影が如何にも薄く後の石垣にうつっている。石垣を築いた石の一片毎に、奉納した人の名前が赤い字で彫りつけてある。芸者、芸人、鳶者《とびのもの》、芝居の出方《でかた》、博奕打、皆近世に関係のない名ばかりである。

自分はふと後を振向いた。梅林の奥、公園外の低い人家の屋根を越して西の大空一帯に濃い紺色の夕雲が物すごい壁のように棚曳き、沈む夕日は生血《なまち》の滴る如く其の間に燃えている。真赤な色は驚くほど濃いが、光は弱く鈍り衰えている。自分は突然一種悲壮な感に打たれた。あの夕日の沈むところは早稲田の森であろうか。本郷の岡であろうか。自分の身は今如何に遠く、東洋のカルチェエ・ラタンから離れているであろう。盲人《もうじん》は一曲終ってすぐさま、

「更《ふ》けて逢う夜《よ》の気苦労は――――」と歌いつづける。

自分はいつまでも、いつまでも、暮行くこの深川の夕日を浴び、迷信の霊境なる本堂の石垣の下に佇んで、歌沢の端唄《はうた》を聴いていたいと思った。永代橋を渡って帰って行くのが堪えられぬほど辛く思われた。いっそ、明治が生んだ江戸追慕の詩人斎藤緑雨の如く滅びてしまいたい様な気がした。

ああ、然し、自分は遂に帰らねばなるまい。それが自分の運命だ、河を隔て堀割を越え

坂を上《あが》って遠く行く、大久保の森のかげ、自分の書斎の机にはワグナアの画像の下にニイチェの詩ザラッストラの一巻が開かれたまゝに自分を待っている……

（「趣味」明治四二年二月号）

大川の水

芥川龍之介

自分は、大川端に近い町に生まれた。家を出て椎の若葉に掩われた、黒塀の多い横網の小路をぬけると、直《すぐ》あの幅の広い川筋の見渡される、百本杭の河岸へ出るのである。幼い時から、中学を卒業するまで、自分は殆毎日のように、あの川を見た。水と船と橋と砂洲と、水の上に生まれて水の上に暮しているあわただしい人々の生活とを見た。真夏の日の午すぎ、燬けた砂を踏みながら、水泳を習いに行く通りすがりに、嗅ぐともなく嗅いだ河の水のにおいも、今では年と共に、親しく思い出されるような気がする。

自分はどうして、こうもあの川を愛するのか。あの何方かと云えば、泥濁りのした大川の生暖い水に、限りない床しさを感じるのか。自分ながらも、少しく、其説明に苦しまずにはいられない。唯、自分は、昔からあの水を見る毎に、何となく、涙を落としたいような、云い難い慰安と寂寥とを感じた。完く、自分の住んでいる世界から遠ざかって、なつかしい思慕と追憶との国にはいるような心もちがした。此心もちの為に、此慰安と寂寥とを味い得るが為に自分は何よりも大川の水を愛するのである。

銀灰色の靄と青い油のような川の水と、吐息のような、覚束ない汽笛の音と、石炭船の鳶色の三角帆と、――すべて止み難い哀愁をよび起す是等の川のながめは、如何に自分の幼い心を、其岸に立つ楊柳の葉の如くをののかせた事であろう。

此三年間、自分は山の手の郊外に、雑木林のかげになっている書斎で、静平な読書三昧に耽っていたが、それでも猶、月に二三度は、あの大川の水を眺めにゆくことを忘れなかった。動くともなく動き、流るるともなく流れる大川の水の色は、静寂な書斎の空気が休みなく与える刺戟と緊張とに、切ない程あわただしく、動いている自分の心をも、丁度、長旅に出た巡礼が、漸く又故郷《ふるさと》の土を踏んだ時のような、さびしい、自由な、なつかしさにとかくしてくれる。大川の水があって、始めて自分は再、純なる本来の感情に生きることが出来るのである。

自分は幾度となく、青い水に臨んだアカシアが、初夏のやわらかな風にふかれて、ほろほろと白い花を落とすのを見た。自分は幾度となく、霧の多い十一月の夜に、暗い水の空を寒むそうに鳴く、千鳥の声を聞いた。自分の見、自分の聞くすべてのものは、悉、大川に対する自分の愛を新にする。丁度、夏川の水から生まれる黒蜻蛉の羽のような、おののき易い少年の心は、其度に新な驚異の眸を見はらずにはいられないのである。殊に夜網の船の舷に倚って、音もなく流れる、黒い川を凝視《みつ》めながら、夜と水との中に漂う「死」の呼吸を感じた時、如何に自分は、たよりのない淋しさに迫られたことであろう。

大川の流を見る毎に、自分は、あの僧院の鐘の音と、鵠《くぐい》の声とに暮れて行く伊太利亜の水の都――バルコンにさく薔薇も百合も、水底に沈んだような月の光に青ざめて、黒い柩に似たゴンドラが、其中を橋から橋へ、夢のように漕いでゆく、ヴェネチアの風物に、溢るるばかりの熱情を注いだダンヌンチョの心もちを、今更のように慕わしく、思い出さずにはいられないのである。

此大川の水に撫愛される沿岸の町々は皆自分にとって、忘れ難い、なつかしい町である。吾妻橋から川下ならば、駒形、並木、蔵前、代地、柳橋、或は多田の薬師前、うめ堀、横網の川岸――何処でもよい。是等の町々を通る人の耳には、日をうけた土蔵の白壁と白壁との間から、格子戸づくりの薄暗い家と家との間から、或は銀茶色の芽をふいた、柳とアカシアとの並樹の間から、磨いた硝子板のように、青く光る大川の水は、其冷な潮の匂と共に、昔ながら南へ流れる、懐しいひびきをつたえてくれるだろう。ああ、其水の声のなつかしさ、つぶやくように、拗ねるように、舌うつように、草の汁をしぼった青い水は、日も夜も同じように、両岸の石崖を洗ってゆく。班女と云い業平と云う武蔵野の昔は知らず、遠くは多くの江戸浄瑠璃作者、近くは河竹黙阿弥翁が、浅草寺の鐘の音と共に、其殺し場のシュチンムングを、最力強く表す為に、屢々、其世話物の中に用いたものは、実に此大川のさびしい水の響であった。十六夜清心が身をなげた時にも、源之丞が鳥追姿のおこよを見染めた時にも、或は又、鋳掛屋松五郎が蝙蝠の飛交う夏の夕ぐれに、天秤をにないながら両国の橋を通った時にも、大川は今の如く、船宿の桟橋に、岸の青蘆《あおあし》に、猪牙船《ちょき》の船腹に懶《ものう》いささやきを繰返していたのである。

殊に此水の音をなつかしく聞く事の出来るのは渡し船の中であろう。自分の記憶に誤がないならば、吾妻橋から新大橋までの間に、元は五つの渡しがあった。其中で駒形の渡し、富士見の渡し、安宅の渡しの三つは次第に一つずつ、何時となく廃れて、今では唯一の橋から浜町へ渡る渡しと、御蔵橋から須賀町へ渡る渡しとの二つが、昔のままに残っている。自分が子供の時に比べれば、河の流れも変り、蘆荻の茂った所々の砂洲も跡方なく埋められてしまったが、此二つの渡しだけは、同じような底の浅い舟に、同じような老人の船頭をのせて、岸の柳の葉のように青い河の水を、今も変りなく日に幾度か横ぎっているのである。自分はよく、何の用もないのに、此渡し船に乗った。水の動くのにつれて、揺籃のように軽く体をゆすられる心ちよさ。殊に時刻が遅ければ遅い程、渡し船のさびしさとうれしさとがしみじみと身にしみる。――低い舷の外は直《すぐ》に緑色の滑な水で、青銅のような鈍い光のある、幅の広い川面は、遠い新大橋に遮られるまで、唯一目に見渡される。両岸の家々はもう、黄昏の鼠色に統一されて、某所々には障子にうつる灯《ともしび》の光さえ黄色く靄の中に浮んでいる。上げ潮につれて灰色の帆を半、張った伝馬船が一艘、二艘と稀に川を上って来るが何《ど》の船もひっそりと静まって、柁を執る人の有無さえもわからない。自分は何時も此静な船の帆と、青く平に流れる潮のにおいとに対して、何と云うこともなく、ホフマンスタアルのエアレエプニスと云う詩をよんだ時のような、云いようのないさびしさを感ずると共に、自分の心の中にも亦、情緒の水の囁《ささやき》が、靄の底を流れる大川の水と同じ旋律をうたっているような気がせずにはいられないのである。

けれ共、自分を魅するものは濁り大川の水の響ばかりではない。自分にとっては、此川の水の光が殆、何処にも見出し難い、滑さと暖さとを持っているように思われるのである。海の水は、たとえば碧玉《ジャスパア》の色のように余りに重く緑を凝している。と云って潮の満干を全く感じない上流の川の水は、云わば緑柱石《エメラルド》の色のように、余りに軽く、余りに薄っぺらに光りすぎる。唯淡水と潮水とが交錯する平原の大河の水は、冷な青に、濁った黄の暖みを交えて、何処となく人間化《ヒューマナイズ》された、親しさと、人間らしい意味に於て、ライフライクな、なつかしさがあるように思われる。殊に大川は、赭ちゃけた粘土の多い関東平野を行きつくして、「東京」と云う大都会を静に流れているだけに、其濁って、皺をよせて、気むずかしい猶太の老爺のように、ぶつぶつ口小言を云う水の色が、如何にも落付いた、人なつかしい、手ざわりのいい感じを持っている。そうして、同じく市の中を流れるにしても、猶「海」と云う大きな神秘と絶えず、直接の交通を続けている為か、川と川とをつなぐ堀割の水のように暗くない。眠っていない。何処となく、生きて動いていると云う気がする。しかも其動いてゆく先は、無始無終に亙る「永遠」の不可思議だと云う気がする。吾妻橋、厩橋、両国橋の間、香油のような青い水が大きな橋台の花崗石と煉瓦とをひたしてゆくうれしさは云う迄もない。岸に近く、船宿の白い行灯をうつし、銀の葉うらを翻す柳をうつし、又水門にせかれては三味線の音のぬるむ昼すぎを、紅芙蓉の花になげきながら、気のよわい家鴨の羽にみだされて、人気のない厨の下を静に光りながら流れるのも、其重々しい水の色に云う可らざる温情を蔵している。たとえ、両国橋、新大橋、永代橋と、河口に近づくに従って川の水は、著しく暖潮の深藍色を交えながら、騒音と煙塵とにみちた空気の下に、白く爛れた日をぎらぎらとブリキのように反射して、石炭を積んだ達摩船や白ペンキの剝げた古風な汽船をものうげに揺ぶっているにしても、自然の呼吸と人間の呼吸とが落ち合って何時の間にか融合した都会の水の色の暖さは容易に消えてしまうものではない。

殊に日暮、川の上に立こめる水蒸気と次第に暗くなる夕空の薄明《うすあかり》とは、この大川の水をして殆、比喩を絶した、微妙な色調を帯ばしめる。自分はひとり、渡し船の舷に肘をついて、もう靄の下りかけた、薄暮の川の水面を何と云う事もなく見渡しながら、其暗緑色の水のあなた、暗い家々の空に大きな赤い月の出を見て、思わず涙を流したのを、恐らく終世忘れることが出来ないであろう。

「すべての市は、其市に固有なにおいを持っている。フロレンスのにおいは、イリスの白い花と埃と靄と古の絵画のニスとのにおいである」。（メレジュコーフスキイ）もし自分に「東京」のにおいを問う人があるならば、自分は大川の水のにおいと答えるのに何の躊躇もしないであろう。独においのみではない。大川の水の色、大川の水のひびきは、我愛する「東京」の色であり、声でなければならない。自分は大川あるが故に、「東京」を愛し、「東京」あるが故に、生活を愛するのである。（一九一二、一）

其後「一の橋の渡し」の絶えたことをきいた。「御蔵橋の渡し」の廃れるのも間があるまい。

（「心の花」大正三年四月号）

浅草公園

谷崎潤一郎

活動写真にカフェエに自動車、そう聞くと僕は直ぐに浅草公園を想い出す。実際僕等の娯楽と云えば、今の所浅草公園へ行くより外に仕方が無い。僕は鵠沼に住んで居ても、十日に一遍はどうしても東京へ出て来たくなる。東京へ出て来て浅草公園を見て帰らなければ、気が済まない。その位僕は熱心なる浅草党の一人である。

浅草公園を褒める為めには、勢い外の娯楽機関、芸者趣味、待合趣味、旧劇趣味、新派劇趣味、それからあらゆる通人趣味に対して、悪口を云わなければならぬ。

芸者の悪口と新派の悪口は、「中外」の七月号にもちょいと書いたが、僕はあれだけでは未だ云い足りないような気がする。芸者というものは、電車や汽車の中で乗合せた時や、避暑地や温泉地の旅館の廊下で擦れ違った時や、夏の夕方街頭を歩いて居る浴衣掛けの姿を見た時や、そんな場合にちょいと心を惹かれるだけで、お座敷で会って見ると、とんと面白くも何ともない。彼等の内には、美人と呼ばれている女も居る。しかしその美しさは髪を綺麗に結って、白粉をこってり塗って、ぞろりとした衣裳を着込んで、いろいろに苦心惨憺して一生懸命につッかい棒で持たせてあるような美しさである。きちんと据わってじっと済まして居なければ、直ぐにも壊れて終いそうな美しさである。鼻の周りの皺一本でもウッカリ寄せたら大変で、実際観て居ても危っかしくって、気が揉める事夥しい。僕はああいう美人を見ると、倒まにひっくり反して、尻の穴が有るか何うか検べてやりたくなる。尤も、美人の嫌いなお客には、お座敷の面白い、気取らない芸者というのもある。所がそれが又厄介な代物で、お客を馬鹿か白痴のように心得て、のべつまくなしに頓狂な声を挙げて、愚にも付かない滑稽を云う。そうして客が笑わないでも一向平気で、一人でからからと鶏が啼くように笑って見せる。こんな芸者に懸ったら、実際溜ったものではない。お客同士で何か話しをしようと思っても、其奴に遮魔をされて話の腰を折られてしまう。その癖彼等は一向滑稽の趣味を解しては居ず、今日では田舎出の書生の方が、まだしも彼等よりは気の利いた洒落を云う。ああいう奴等は、客の機嫌を取って居る積りで、実はお客に機嫌を取られて居るのである。その外文学芸者と称して、いろいろ歯の浮くような文学談をする芸者、それから又、湿っぽい内輪話やお金の話ばかりする芸者、まだ随分変ったものもあるが、孰《ど》れ一つとして、溌溂とした愛嬌や、快活や、怜悧さを有って居るものが無い。彼等は悉く馬鹿の癖に嘘吐きで、鉄面皮の癖に弱虫で、慾張りの癖に上品振って居る。其等はまア可いとしても、そういうものに高い金を払うかと思うと、つくづく腹が立って来る。

次には新派の芝居である。凡そ世の中に何が腹立たしいと云って、自ら芸術に携って居ながら、その芸術について無知であり、厚顔であり、低能である程腹立たしい事は無い。一般に低能というものは、憎む可きものではなくて、憫れむ可きものであるが、芸術の上の低能だけは何だか許し難いような気がする。低能の芸術を低能らしく発表するなら、それでも可いが、低能の芸術を以て一流の芸術らしく振り翳そうとするのは慥かに厚顔である。こう云ったからといって、僕は決して通俗芸術が悪いと云うのではない。通俗芸術という事と、低能と云う事とは別問題である。偉大なる芸術は通俗であって、而かも高級なものでなければなるまい。然し低能な芸術は、通俗芸術としても決して流行する筈はない。今の新派の芝居の馬鹿々々しさは、正に芸者の馬鹿々々しさと同程度のものである。而もそれが仮りにも芸術の仲間に伍して居るだけに、僕には芸者よりも余計に癪に触る。

旧派の芝居は、前の二つのものとは違って、確かに立派な完成された芸術ではあるが、然しそれは何と云っても既に過去の芸術であって、おまけにその有力な後援者が、僕の嫌いな花柳界の人々であるとすると、そうしてその俳優達の頭の程度が、芸者の頭と同じ位なものだとすると、僕は矢張一種の反感を抱かずには居られない。将来旧劇は、能楽が保存されるような意味で、命脈を保つには違いないが、その勢力は今よりぐっと衰微するものと見て差支えなかろう。

僕が浅草を好む訳は、其処には全く旧習を脱した、若々しい、新しい娯楽機関が、雑然として、ウヨウヨと無茶苦茶に発生して居るからである。亜米利加合衆国が世界の諸種の文明のメルチング・ポットであるというような意味に於て、浅草はいろいろの新時代の芸術や娯楽機関のメルチング・ポットであるような気がする。今日旧派や新派の一流の俳優達が、浅草という所を卑しめて、自ら高しとして居るのは、僕に云わせると、チャンチャラ可笑しい次第である。曽て久米正雄君が、今日の劇場の見物の内では、浅草のお客が一番頭が進歩して居ると云ったが、僕も此れには同感である。曽て近代劇協会でやった「ファウスト」や「マクベス」や「ヴェニスの商人」や、或は又メーテルリンクの「ブリュー・バアド」のようなものを、之れからどんどん浅草でやった方がいいと思う。それで立派に見物が来る位、浅草のお客は進歩して居ると思う。

さていよいよ本題に入る訳であるが、大分脱線してしまったから、簡単に書く事にしよう。活動写真については、昨年九月の「新小説」に、自分の考を委しく述べて置いたから、重複を避けて玆には唯大体の趣旨を述べて置く。僕の考えでは、演劇は勿論、音楽、文学、絵画、彫刻、凡ての芸術に比べて、活動写真は優るとも劣らない、将来最も発達の望のある、真箇の芸術であると思う。一面には非常に写実的であって、一面には非常に夢幻的である活動写真は、その領域の広さに於て、他の如何なる芸術にも優って居る。

芸者と料理屋とが附き物になって了って居る今日では、極く少数の「うまい物屋」を除いて、芸者を揚げずに料理を食うという事が出来ない。而も芸者の這入る茶屋に限って、料理のうまい家はめったに無い。たまに食いに行っても、見る許りで食う事の出来ないお頭付きや口取が出て来るので、僕のように片っぱしからムシャムシャと食わなければ承知の出来ない野蛮な人間は、何かお行儀の稽古でもして居るようで、食いたいものが一向腹に沁みない。従ってつい支那料理や西洋料理を食いに行く事になるから、カフェエの御厄介になる事が多い。然し慾には、カフェエの洋食をも少し美味いものにして貰いたいものである。そうして中に舞台を拵らえて、女の友達と一緒に酒を飲みながら、活動写真やオペレットを見物するような設備には出来ないものか。僕はそういうカフェエが五六軒も、浅草に出来る事を望んで居る。

自動車についても云いたい事は無いでもないが、大分気焔を上げたから、先ず此の位にして置こう。

（「中央公論」大正七年九月号）

銀座アルプス

寺田寅彦

幼時の記憶の闇《やみ》の中に、ところどころぽうっと明るく照らし出されて、たとえば映画の一断片のように、そこだけはきわめてはっきりしていながら、その前後が全く消えてしまった、そういう部分がいくつか保存されて残っている。そういう夢幻のような映像の中に現われた自分の幼時の姿を現実のこの自分と直接に結びつけて考えることは存外むつかしい。それは自分のようでもあり、そうでないようでもある。自分と密接な関係のあることは確実であるが、現在の自分とのつながりがすっかり闇の中に没している。その、絶えているかつながっているかわからないようなつながりを闇の中に探り出そうとするときに、われわれは平素頼みにしている自分の理性のたよりなさを感じる。そうして人間の意識的生活というものがほんとうに夢か幻のようなものであるように思われて来るのである。そういう記憶の断片がはたしてほんとうにあったことなのか、それとも、いつかずっと後年になってから見た一夜の夢の映像の記憶を過去に投影したものだか、考えるとかえってわからなくなって来る。それを疑っていると、幼時のみならず過去のあらゆる記憶の現実性がきわめて頼み少ないものになって来るのである。

自分の幼時のそういう夢のような記憶の断片の中に、明治十八年ごろの東京の銀座《ぎんざ》のある冬の夜の一角が映し出される。

その映画の断片によると、当時八歳の自分は両親に連れられて新富座《しんとみざ》の芝居を見に行ったことになっている。それより前に、田舎《いなか》で母に連れられて何度か芝居を見たことはあったようであるが、東京の芝居を見たのはおそらくその時がはじめてであったらしい。どんな芝居であったかほとんど記憶がないが、ただ「船弁慶《ふなべんけい》」で知盛《とももり》の幽霊が登場し、それがきらきらする薙刀《なぎなた》を持って、くるくる回りながら進んだり退いたりしたその凄惨《せいさん》に美しい姿だけが明瞭《めいりょう》に印象に残っている。それは、たしか先代の左団次《さだんじ》であったらしい。そうして相手の弁慶はおそらく団十郎《だんじゅうろう》ではなかったかと思われるが、不思議と弁慶の印象のほうはきれいに消えてなくなってしまっている。しかし時の敗者たる知盛の幽霊に対して、子供心にもひどく同情というかなんというかわからない感情をいだいたものと見えて、そういう心持ちが今でもちゃんと残留しているのである。

芝居茶屋というものの光景の記憶がかすかに残っている、それを考えると徳川時代の一角をのぞいて来たような幻覚が起こる。

芝居がはねて後に一同で銀座までぶらぶら歩いたものらしい。そうして当時の玉屋《たまや》の店へはいって父が時計か何かをひやかしたと思われる。とにかくその時の玉屋の店の光景だけは実にはっきりした映像としていつでも眼前に呼び出すことができる。

夜ふけて人通りのまばらになった表の通りには木枯らしが吹いていた。黒光りのする店先の上がり框《がまち》に腰を掛けた五十歳の父は、猟虎《らっこ》の毛皮の襟《えり》のついたマントを着ていたようである。その頭の上には魚尾形《ぎょびけい》のガスの炎が深呼吸をしていた。じょさいのない中老店員の一人は、顧客の老軍人の秘蔵子らしいお坊っちゃんの自分の前に、当時としてはめったに見られない舶来の珍しいおもちゃを並べて見せた。その一つはねずみ色の天鵞絨《びろうど》で作った身長わずかに五六寸くらいの縫いぐるみの象であるが、それが横腹の所のネジをねじると、ジャージャーと歯車のすれ合う音を立てながら走りだす、そうしてあの長い鼻を巧みに屈伸して上げたり下げたりしながら勢いよく走るのである。もう一つは毛深い熊《くま》があと足を前に投げ出してすわっている、それが首と前足とを動かして滑稽《こっけい》な格好をして踊りだすと腹の中でオルゴールのかわいらしい音楽が聞こえて来るのである。

父がもしかしたら、どれか一つは買ってくれるかと思っていたが、ねだるのにはあまりに立派すぎる貴族的なおもちゃなので遠慮していたら、やはりとうとう買ってくれなかった。それから人力《じんりき》にゆられて夜ふけの日比谷御門《ひびやごもん》をぬけ、暗いさびしい寒い練兵場わきの濠端《ほりばた》を抜けて中六番町《なかろくばんちょう》の住み家へ帰って行った。その暗い丸《まる》の内《うち》の闇《やみ》の中のところどころに高くそびえたアーク灯が燦爛《さんらん》たる紫色の光を出してまたたいていたような気がする。そのころすでにそんなものがあったかどうか事実はわからないが、自分の記憶の映画にはそういうことになっているのである。

この銀座の冬の夜の記憶が、どういうものかひどく感傷的な色彩を帯びて自分の生涯《しょうがい》につきまとって来た。それにはおそらく何か深い理由があるであろうが、それに関する手がかりは、自分の意識の世界からはどうしても探り出すことができないのである。その日の事を特に強い印象として焼き付けるだけの「光線」があったであろう、その光線はとうの昔に消えて、一枚の印画だけが永久に残っているのである。人殺しをした瞬間に偶然机の上におかれてあった紙片の上の文字が、殺人者の脳に焼き付いたような印象となって残ったという話があるが、これに似た現象は存外きわめて普通なことであるかもしれない。幼時の記憶の断片にはたいてい何かしらそういう「光線」があって、そのほうは当時「意識」されなかったために記憶から消えてしまうのではないかと思われる。

晩年になって母にたびたび聞かされたところによると、当時の自分はひどく鉄道馬車に乗るのが好きで、時々書生や出入りのだれかれに連れられてはわざわざ乗りに行ったものだそうである。雨の降る日に二条の鉄路の中央のひどいぬかるみの流れを蹴《け》たててペンキ塗りの箱車を引いて行く二頭のやせ馬のあわれな姿や、それが時々爆発的に糞《ふん》をする様子などを思い出すことはできる。鉄路が悪かったのか車台の安定が悪かったのか、車は前後におじぎをするように揺れながら進行する。車掌が豆腐屋のような角笛《つのぶえ》を吹いていたように思うが、それはガタ馬車の記憶が混同しているのかもしれない。実際はベルであったかもしれない。しかし角笛であったような気がするというわけはこの馬車の記憶に結びついて離れることのできない妙な連想があるからである。それは、そのころどこかからもらった高価な舶来ビスケットの箱が錠前付きのがんじょうなブリキ製であったが、その上面と四方の面とに実に美しい油絵が描かれていた。その絵の一つが英国の田舎《いなか》の風景で、その中に乗客を満載した一台の郵便馬車《メールコーチ》が進行している。前世紀の中ごろあたりの西洋といえば想像されるような特別な世界が、この方四五寸の彩色美しい絵の中に躍動しているのである。この小さな菓子箱のふたを通してのぞいた珍しい世界がどんなに美しくなつかしいものであったか、ずっと晩年にほんとうの西洋へ行って見ても、この「夢の西洋」はどこにもなかった。この菓子箱のふたは自分の幼時の「緑の扉《とびら》」であったのである。それはとにかく、この絵の中のロンドン、リーディング間の郵便馬車《メールコーチ》の馬丁がシルクハットをかぶってそうしてやはり角笛を吹いている。そうして自分の「記憶」の夢の中では、この郵便馬車と、銀座の鉄道馬車とがすっかり一つに溶け合ってしまって、切っても切れない連想の糸でつながり合っているのである。

明治十九年にはもう東京を去って遠い南海の田舎《いなか》に移った。そうして十年たった明治二十八年の夏に再び単身で上京して銀座尾張町《おわりちょう》の竹葉《ちくよう》の隣のI家の二階に一月ばかりやっかいになっていた。当時父は日清戦役《にっしんせんえき》のために予備役で召集され、K留守師団に職を奉じながら麹町区平河町《こうじまちくひらかわちょう》のM旅館に泊まっていたのである。

Iの家の二階や階下の便所の窓からは、幅三尺の路地を隔てた竹葉の料理場でうなぎを焼く団扇《うちわ》の羽ばたきが見え、音が聞こえ、においが嗅《か》がれた。毘沙門《びしゃもん》かなんかの縁日にはI商店の格子戸《こうしど》の前に夜店が並んだ。帳場で番頭や手代や、それからむすこのSちゃんといっしょに寄り集まっていろいろの遊戯や話をした。年の若い店員の間には文学熱が盛んで当時ほとんど唯一であったかと思われる青年文学雑誌「文庫」の作品の批評をしたりしたことであった。中でいちばん年とった純下町型のYどんは時々露骨に性的な話題を持ち出して若い文学少年たちから憤慨排斥された。夜の三時ごろまでも表の人通りが絶えず、カンテラの油煙が渦巻《うずま》いていた。明け方近くなっても時々郵便局の馬車がけたたましい鈴の音を立てて三原橋《みはらばし》のあたりを通って行った。奥の間の主人主婦の世界は徳川時代とそんなに違わないように見えた。主婦は江戸で生まれてほとんど東京を知らず、ただ音羽《おとわ》の親類とお寺へ年に一度行くくらいのものであった。ほとんどわが子のように自分をかわいがってくれたが、話をすることがわからないので困った。自分の世界の事を相手が全部知っているという仮定を置いての話であるからわかりにくいのであった。
むすこのSちゃんに連れられては京橋《きょうばし》近い東裏通りの寄席《よせ》へ行った。暑いころの昼席だと聴衆はほんの四五人ぐらいのこともあった。くりくり坊主の桃川如燕《ももかわじょえん》が張り扇で元亀《げんき》天正《てんしょう》の武将の勇姿をたたき出している間に、手ぬぐい浴衣《ゆかた》に三尺帯の遊び人が肱枕《ひじまくら》で寝そべって、小さな桶形《おけがた》の容器の中から鮓《すし》をつまんでいたりした。西裏通りへんの別の寄席《よせ》へも行った。伊藤痴遊《いとうちゆう》であったかと思う、若いのに漆黒の頰髯《ほおひげ》をはやした新講談師が、維新時代の実歴談を話して聞かせているうちに、偶然自分と同姓の人物の話が出て来た。Sが笑い出したら、講談師も気がついたか自分の顔ばかり見ながらにやにやして話をつづけた。

銀座の西裏通りで、今のジャーマンベーカリの向かいあたりの銭湯へはいりに行っていた。今あるのと同じかどうかはわからない。芸者がよく出入りしていた。首だけまっ白に塗ってあごから上の顔面は黄色ないしは桃色にして、そうして両方のたぼを上向きにひっくらかえしているのが田舎《いなか》少年の目には不思議に思われた。それから、五丁目あたりの東側の水菓子屋で食わせるアイスクリームが当時の自分には異常に珍しくまたうまいものであった。ヴァニラの香味がなんとも知れず、見た事も聞いた事もない世界の果ての異国への憧憬《どうけい》をそそるのであった。それを、リキュールの杯ぐらいな小さなガラス器に頭を丸く盛り上げたのが、中学生にとってはなかなか高価であって、そうむやみには食われなかった。それからまた、現在の二葉屋《ふたばや》のへんに「初音《はつね》」という小さな汁粉屋《しるこや》があって、そこの御膳汁粉《ごぜんじるこ》が「十二か月」のより自分にはうまかった。食うという事は知識欲とともに当時の最大の要事であったのである。

父に連れられてはじめて西洋料理というものを食ったのが、今の「天金《てんきん》」の向かい側あたりの洋食店であった。変な味のする奇妙な肉片を食わされたあとで、今のは牛の舌だと聞いて胸が悪くなって困った。その時に、うまいと思ったのは、おしまいの菓子とコーヒーだけであった。父に連れられて「松田《まつだ》」で昼食を食ったのもそのころであったように思う。玉子豆腐の朱わんのふたの裏に、すり生姜《しょうが》がひとつまみくっつけてあったことを、どういうわけか覚えている。父が何かしらそれについて田舎《いなか》と東京との料理の比較論といったようなものをして聞かせたようであった。

天狗煙草《てんぐたばこ》が全盛の時代で、岩谷《いわや》天狗の松平《まつへい》氏が赤服で馬車を駆っているのを見た記憶がある。店の紅殻色《べんがらいろ》の壁に天狗の面が暴戻《ぼうれい》な赤鼻を街上に突き出したところは、たしかに気の弱い文学少年を圧迫するものであった。松平氏は資本家で搾取者であったろうが、彼の闘志と赤色趣味とは今のプロレタリア運動にたずさわる人々と共通なものをもっていた。しかしまたピンヘッドやサンライズを駆逐して国産を宣伝した点では一種のファシストでもあったのである。彼もたしかに時代の新人ではあった。

旧時代のハイカラ岸田吟香《きしだぎんこう》の洋品店へ、Sちゃんが象印の歯みがきを買いに行ったら、どう聞き違えたものか、おかしなゴム製の袋を小僧がにやにやしながら持ち出したと言って、ひどくおかしがって話したことを思い出す。Sは口ごもって、ひどくはにかんだように物を言う癖があったのである。幼い岸田劉生《りゅうせい》氏があるいはそのころ店先をちょこちょこ歩いていたかもしれないという気がする。

新橋《しんばし》詰めの勧工場がそのころもあったらしい。これは言わば細胞組織の百貨店であって、後年のデパートメントストアの予想《アンチシペーション》であり胚芽《エンブリオ》のようなものであったが、結局はやはり小売り商の集団的蜂窩《ほうか》あるいは珊瑚礁《さんごしょう》のようなものであったから、今日のような対小売り商の問題は起こらなくても済んだであろう。とにかく、これは、田舎者《いなかもの》が国へのみやげ物を物色するには最も便利な設備であった。それから考えると、東京市民の全部がごとく「田舎者《いなかもの》」になった今日、デパートの繁盛するのは当然であろう。ただ少数な江戸っ子の敗残者がわざわざ竹仙《ちくせん》の染め物や伊勢由《いせよし》のはき物を求めることにはかない誇りを感ずるだけであろう。しかしデパートの品物に「こく」のある品のまれであることも事実である。

明治三十二年の夏、高等学校を卒業して大学にはいったのでちょうど四年目に再び上京した。谷中《やなか》の某寺に下宿をきめるまでの数日を、やはり以前の尾張町のI家でやっかいになった。谷中へ移ってからも土曜ごとにはほとんど欠かさず銀座へ泊まりに行った。当時、昔の鉄道馬車はもう電車になっていたような気がするが、「れんが」地域の雰囲気《ふんいき》は四年前とあまり変わりはなかったようである。ただ中学生の自分が角帽をかぶり、少年のSちゃんが青年のS君になっていつのまにか酒をのむことを覚えていたくらいであった。熊本《くまもと》で漱石先生に手引きしてもらって以来俳句に凝って、上京後はおりおり根岸《ねぎし》の子規庵《しきあん》をたずねたりしていたころであったから、自然にI商店の帳場に新俳句の創作熱を鼓吹したのかもしれない。当時いちばん若かったKちゃんが後年ひとかどの俳人になって、それが現に銀座裏河岸《ぎんざうらがし》に異彩ある俳諧《はいかい》おでん屋を開いているのである。

鍋町《なべちょう》の風月《ふうげつ》の二階に、すでにそのころから喫茶室《きっさしつ》があって、片すみには古色蒼然《そうぜん》たるボコボコのピアノが一台すえてあった。「ミルクのはいったおまんじゅう」をごちそうすると言ったS君が自分を連れて行ったのがこの喫茶室であった。おまんじゅうはすなわちシュークリームであったのである。シューというのはフランス語でキャベツのことだとS君が当時フランス語の独修をしていた自分に講釈をして聞かせた。

運命の神様はこの年から三十余年後の今日までずっと自分を東京に定住させることにきめてしまった。明治四十二年から四年へかけて西洋へ行っている間だけがちょっと途切れてはいるが、心持ちの上では、この明治三十二年以後今日まではただひとつながりの期間としか思われない。従って自分の東京と銀座に関する記憶は、- -――のような三つの部分から成り立っている。この最後の長線はどこまで続くか不明である。第一の短線と第二の短線との間が約十年でこの二つははっきり分かれている。第二短線と第三長線との間は四年しかないので、第三線の初めごろの事がらがどうかすると第二線内の事がらの中に紛れ込んで混同する恐れがある。第三線の長さは約三十年であるが、事がらによっては三十年前がつい近ごろのように思われ、また事がらによっては去年の事が十年前のようにも思われる。ひとつながりの記憶の蛇形池《サーペンタイン》の中で「記憶の対流《ユンヴェクション》」とでもいったようなものが行なわれるらしい。

第三線にはかなりの幅がある。自分が世間に踏み出してからの全生涯《ぜんしょうがい》がこの線の中に含まれているからである。そうしてこの線を組織するきわめて微細な繊維のようになった自分の「銀座線」とでもいったようなものがあり、これが昔の- -の中の銀座の夢につながっているのである。この- -の中では銀座というものが印象的にはかなり重要な部分を占めていた、それの影響が後年の――の中の自分の銀座観に特別の余波を及ぼしていることはたしかである。

震災以後の銀座には昔の「煉瓦《れんが》」の面影はほとんどなくなってしまった。第二の故郷の一つであったIの家はとうの昔に一家離散してしまったが家だけは震災前までだいたい昔の姿で残っていたのに今ではそれすら影もなくなってしまい、音帳場格子《ちょうばごうし》からながめた向かいの下駄屋《げたや》さんもどうなったか、今三越《みつこし》のすぐ隣にあるのがそれかどうか自分にはわからない。十二か月の汁粉屋《しるこや》も裏通りへ引っ込んだようであったがその後の消息を知らない。足もとの土でさえ、舗装の人造石やアスファルトの下に埋もれてしまっているのに、何をなつかしむともなく、尾張町のあたりをさまよっては、昔の夢のありかを捜すような思いがするのである。

谷中《やなか》の寺の下宿はこの上もなく暗く陰気な生活であった。土曜日に尾張町へ泊まりに行くと明るくて暖かでにぎやか過ぎて神経が疲れたが、谷中へ帰るとまた暗く、寒く、どうかすると寒の雨降る夜中ごろにみかん箱のようなものに赤ん坊のなきがらを収めたさびしいお弔いが来たりした。こういう墓穴のような世界で難行苦行の六日を過ごした後に出て見た尾張町の夜の灯《ひ》は世にも美しく見えないわけに行かなかったであろう。今日いわゆるギンブラをする人々の心はさまざまであろうが、そういう人々の中の多くの人の心持ちには、やはり三十年前の自分のそれに似たものがあるかもしれない。みんな心の中に何かしらある名状し難い空虚を感じている。銀座の舗道を歩いたらその空虚が満たされそうな気がして出かける。ちょっとした買い物でもしたり、一杯の熱いコーヒーでも飲めば、一時だけでもそれが満たされたような気がする。しかしそんなことでなかなか満たされるはずの空虚ではないので、帰るが早いか、またすぐに光の町が恋しくなるであろう。いったいに心のさびしい暗い人間は、人を恐れながら人を恋しがり、光を恐れながら光を慕う虫に似ている。自分の知った範囲内でも、人からは仙人《せんにん》のように思われる学者で思いがけない銀座の漫歩を楽しむ人が少なくないらしい。考えてみるとこのほうがあたりまえのような気がする。日常人事の交渉にくたびれ果てた人は、暇があったら、むしろ一刻でも人寰《じんかん》を離れて、アルプスの尾根でも縦走するか、それとも山の湯に浸って少時の閑寂を味わいたくなるのが自然であろう。心がにぎやかでいっぱいに充実している人には、せせこましくごみごみとした人いきれの銀座を歩くほどばからしくも不愉快なことはなく、広大な山川の風景を前に腹いっぱいの深呼吸をして自由に手足を伸ばしたくなるのがあたりまえである。F屋喫茶店《きっさてん》にいた文学青年給仕のM君はよく、銀座なんか歩く人の気が知れないと言っていたが、考えてみれば誠にもっとも至極なことである。

アルプスと言えば銀座にもアルプスができた。デパートの階段を頂上まで登るのはなかなかの労働である。そうして夏の暑い日にその屋上へあがれば地上百尺、温度の一度や二度ぐらいは低い。上には青空か白雲、時には飛行機が通る。駿河《するが》の富士や房総《ぼうそう》の山も見える日があろう。ついでに屋上さらに三四百尺の鉄塔を建てて頂上に展望台を作るといいと思う。その側面を広告塔にすれば気球広告よりも有効で、その料金で建設費はまもなく消却されるであろう。高い所に上がりたがるのは人間というものに本能的な欲望である。この欲望は赤ん坊の時からすでに現われる。自分が四歳の時に名古屋《なごや》にいたころのかすかな思い出の中には、どこか勝手口のような所にあった高い板縁へよじ上ろうよじ上ろうとしてあせったことが一つの重大な事項になっているのである。これに似た記憶は多くの人に共通なものであろう。この本能を守り立てればアルピニストになれる。エヴェレストの頂上をきわめようとして、それがために貴重な生命をおとしても悔やまないようになる。それで、事によるとデパートのはやる理由のことごとくが必ずしも便利重宝一点張りのものでもないかもしれない。そうでないとすると小売り商の作戦計画にはこの点を考慮に入れなければなるまい。

デパートアルプスには、階段を登るごとに美しい物と人との「お花畑」がある。勝手に取って持って来ることは許されないが、見るだけでも目の保養にはなる。千円の晴れ着を横目ににらんで二十銭のくけひもを買えば、それでその高価な帯を買ったような不思議な幻覚を生ずる事も可能である。陳列されてある商品全部が自分のもので、宅《うち》へ置ききれないからここへ倉敷料なしのただで預けてあると思えば、金持ち気分になりすますことも容易である。入用なときはいつでも「預かり証」と引き換えに持って帰ることができるのである。ただ問題は、肝心の時にその「預かり証」がなくなっていることである。

アルプスにも山火事があるように、デパートにも火事がある。山火事は谷から峰へと燃え上がるが、また上から下へも燃えて行く。しかし、デパートの火事は下へは燃えないで、上へばかり燃え抜けるから、逃げ道さえあいていれば下へ逃げればよい。下へ逃げそこなったら頂上の岩山の燃え草のない所へ行けば安全である。白木屋《しろきや》の火事の時に、屋上が焼け落ちるかもしれないと言っておどかす途方もない与太郎があったそうであるが、鉄筋コンクリートの岩山は火には決して焼けくずれない。しかも熱伝導がきわめて悪いから下で半日焼けても屋上でははき物をはいた足の裏を焼けどする心配もない。窓からのぼる煙が渦巻《うずま》いて来たら床の面へ顔をつければよいかと思われる。しかし、それも何千人と折り重なっては困るであろうし、また満員のデパートに急な火が起これば階段が人間ですし詰めになって閉塞《へいそく》してしまう恐れがある。映画館の火事でそういう実例がたびたびあった。そういう時にいちばんだいじなのは遭難者の訓練であるが、いちばんむつかしいのもまたその訓練である。

火事は物質の燃焼する現象であるからやはり一種の物理化学的現象である。この現象は日本には特別多い。それだのに日本の科学者で火事の研究をする人の少ないのは不思議である。西洋の大学のどこにもまだ火災学という名前の講義をしている所がないからであるかもしれない。それはとにかく、よほど用心しないと、デパートというものは世にも巧妙な大量殺人機械になる恐れが充分にある。燃料を満載してある上に、しかも発火すると同時に出口が人間で閉塞《へいそく》し、その生きた栓《せん》が焼かれる仕掛けになっているからである。山火事の場合は居合わす人数の少ないだけに、損害は大概莫大《ばくだい》ではあるが、金だけですむ。

デパートアルプスの頂上から見おろした銀座界隈《かいわい》の光景は、飛行機から見たニューヨーク、マンハッタンへんのようにはなはだしい凹凸《おうとつ》がある。ただ違うのはこっちのいちばん高い家の高さがかの地のいちばん低い家の高さに相当する点であろう。このちぐはぐな凹凸は「近代的感覚」があってパリの大通りのような単調な眠さがない。うっかりすると目を突きそうである。また雑草の林立した廃園を思わせる。蟻《あり》のような人間、昆虫《こんちゅう》のような自動車が生命の営みにせわしそうである。

高い建物《ビルディング》の出現するのははなはだ突然である。打ち出の小槌《こづち》かアラディンのランプの魔法の力で思いもよらぬ所にひょいひょいと大きなビルディングが突然現われる。建物は実は長い間にきわめて緩徐に造り上げらるるのであるが、その薄ぎたない見すぼらしい目隠しがある日に突然取り去られるからである。長い間人目につかない所でこつこつ勉強して力を養っていた人間がある日の運命のあけぼのに突然世間に顔を出すようなものである。

ネオンサインもあっちこっちとむやみにふえるが、このほうは建築とちがって一夜にでもわずかな費用で取り付けられる。そのかわりにまたわずかに数分間でもはげしい降雹《こうひょう》があれば半分通りはみごとにたたきこわされるであろう。考えてみるとネオン灯がはやり始めて以来、まだ一度も著しい降雹《こうひょう》がなかったようであるが、今に四五月ごろの雷雨性の不連続線に伴のうて鳩卵大《きゅうらんだい》の降雹がほんのひとしきり襲って来れば、銀座付近が一時はだいぶ暗くなる事であろう。その時が今から的確に予報できればどこかでネオンガスの買い占めが起こるかもしれない。しかし、降雹がなくとも、狂風にあおられた街頭の雑品が飛んで来てぶつかれば結果は同様である。その時のために今から用心したいと思う人は、簡単に金網で囲んでおけばいいと思うが、なんでもあすの用心をするということはおよそ近代的でないらしい。

暴風の跡の銀座もきたないが、正月元旦《がんたん》の銀座もまた実に驚くべききたない見物《みもの》である。昭和六年の元旦のちょうど昼ごろに、麻布《あざぶ》の親類から浅草《あさくさ》の親類へ回る道順で銀座を通って見たときの事である。荒涼、陰惨、ディスマル、トロストロース、あらゆる有り合わせの形容詞の総ざらえをしても間に合わない光景である。いつもは美しく飾り立てた小売り店の表には、実に見すぼらしい明治時代の雨戸がしめてある。大商店のショウウィンドウにははげさびた鎧戸《よろいど》か、よごれた日除幕《ブラインド》がおりている。死に物狂いの大晦日《おおみそか》の露店の引き上げた跡の街路には、紙くずやら藁《わら》くずやら、あらゆるくずという限りのくず物がやけくそに一面に散らばって、それがおりからのからび切った木枯らしにほこり臭い渦《うず》を巻いては、ところどころの風陰に寄りかたまって、ふるえおののきあえいでいるのである。言わば白粉《おしろい》ははげ付け髷《まげ》はとれた世にもあさましい老女の化粧を白昼烈日のもとにさらしたようなものであったのである。

これに反してまた、世にも美しいながめは雪の降る宵《よい》の銀座の灯《ひ》の町である。あらゆる種類の電気照明は積雪飛雪の街頭にその最大能率を発揮する。ネオンサインの最も美しく見えるのもまた雪の夜である。雪の夜の銀座はいつもの人間臭いほこりっぽい現実性を失って、なんとなくおとぎ話を思わせるような幻想的な雰囲気《ふんいき》に包まれる。町の雑音までが常とは全くちがった音色を帯びて来る。ショウウィンドウの中の品々が信じ難いような色彩に輝いて見えるのである。そういうときに、清らかに明るい喫茶店《きっさてん》にはいって、暖かいストーヴのそばのマーブルのテーブルを前に腰かけてすする熱いコーヒーは、そういう夢幻的の空想を発酵させるに適したものである。

中学校で教わったナショナルリーダーの「マッチ売りの娘」の幻覚のように、大きなクリスマストリーが、神秘的に光り輝く霧の中に高く浮かみ上がる。あらゆる過去へのあこがれと、未来への希望とがその樅《もみ》の小枝の節々につるされた色さまざまの飾り物の中からのぞいているのである。寺々の鐘が鳴り渡ると爆竹がとどろいてプロージット、プロージットノイヤールという声々が空からも地からも沸き上がる。シャンシャンシャンと雪ぞりの鈴が聞こえ、村の楽隊のセレネードに二階の窓からグレーチヘンが顔を出す。たわいもない幻影を追う目がガラス棚《だな》のチョコレートに移ると、そこに昔の夢のビスケット箱の中のメールコーチが出現し、五十年前の父母の面影がちらつき、左団次の知盛《とももり》が髪を乱して舞台に踊るのである。コーヒーの味のいちばんうまいのもまたそういうときである。

雪や寒い雨の日にコーヒーのうまいのはどういうわけであるか気象学者にも生理学者にもこれはわからない。空気が湿っていて純粋な「渇《かわき》」を感じないために、余裕のできた舌の感覚が特別繊細になっているためかもしれないと思われる。

銀座でコーヒーを飲ませる家は数え切れないほどたくさんあるが、家ごとにみんなコーヒーの味がちがう。そうして自分でほんとうにうまいと思うコーヒーを飲ましてくれる家がきわめて少ない。日本の東京の銀座も案外不便なところだと思うことがある。日本でのんだいちばんうまいコーヒーはずっと以前にF画伯がそのきたない画室のすみの流しで、みずから湯を沸かしてこしらえてくれた一杯のそれであった。

コーヒーに限らず、デパートの商品でも、あのようにたくさんにあるものの中で自分の趣好に適合するものの少ないのに困ることがしばしばある。コーヒー茶わんとか灰皿《はいざら》とかのこわれた代わりを買いに行っても、近ごろのものには、大概たまらなくいやだと思うような全く無益な装飾がしてあってどうにも買う気になれないのである。ネクタイがあまり古ぼけたので一つ奮発しようと思って物色しても、あのたくさんな商品の中にこれをと思って手の出るのはまれである。これは自分の趣味嗜好《しこう》が時代に遅れたという事実を証明する以外になんらの意味もない些事《さじ》ではあろうが、この一些事はやはりちょっと自分にものを考えさせる。こういう時にわれわれがもしも、自分のいちばんいやなようないちばん新しい傾向の品を買って来て我慢して使ってみていると、おしまいには案外それが好きになるかもしれない。殺風景だと思っていたコンクリートの倉庫も見慣れると賤《しず》が伏屋《ふせや》とはまたちがった詩趣や俳味も見いだされる。昭和模様のコーヒー茶わんでも慣れればおもしろくなるかもしれない。それがおもしろくなるまでの我慢がしきれないで、近ごろの若い者はを口癖にいうのは、畢竟《ひっきょう》もう先が短くなった証拠かもしれない。もしも、これで百歳まで生きる覚悟があったら、自分はやっぱり奮発していやな品に慣れる努力をするであろう。時代のアルプスを登るにはやはり骨が折れる。自分もせいぜい長生きする覚悟で若い者に負けないように銀座アルプスの渓谷《けいこく》をよじ上ることにしたほうがよいかもしれない。そうして七十歳にでもなったらアルプスの奥の武陵《ぶりょう》の山奥に何々会館、サロン何とかいったような陽気な仙境《せんきょう》に桃源《とうげん》の春を探って不老の霊泉をくむことにしよう。

八歳の時に始まった自分の「銀座の幻影」のフィルムははたしていつまで続くかこれば

かりはだれにもわからない。人は老ゆるが自然はよみがえる。一度影を隠した銀座の柳は、去年の夏ごろからまた街頭にたおやかな緑の糸をたれたが、昔の夢の鉄道馬車の代わりにことしは地下鉄道が開通して、銀座はますます立体的に生長することであろう。百歳まで生きなくとも銀座アルプスの頂上に飛行機の着発所のできるのは、そう遠いことでもないかもしれない。しかしもし自然の歴史が繰り返すとすれば二十世紀の終わりか二十一世紀の初めごろまでにはもう一度関東大地震が襲来するはずである。その時に銀座の運命はどうなるか。その時の用心は今から心がけなければ間に合わない。困った事にはそのころの東京市民はもう大地震の事などはきれいに忘れてしまっていて、大地震が来た時の災害を助長するようなあらゆる危険な施設を累積していることであろう。それを監督して非常に備えるのが地震国日本の為政者の重大な義務の一つでなければならない。それにもかかわらず今日の政治をあずかっている人たちで地震の事などを国の安危と結びつけて問題にする人はないようである。それで市民自身で今から充分の覚悟をきめなければせっかく築き上げた銀座アルプスもいつかは再び焦土と鉄筋の骸骨《がいこつ》の砂漠《さばく》になるかもしれない。それを予防する人柱の代わりに、今のうちに京橋と新橋との橋のたもとに一つずつ碑石を建てて、その表面に掘り埋めた銅版に「ちょっと待て、大地震の用意はいいか」という意味のエピグラムを刻しておくといいかと思うが、その前を通る人が皆円タクに乗っているのではこれもやはりなんの役にも立ちそうもない。むしろ銀座アルプス連峰の頂上ごとにそういう碑銘を最も目につきやすいような形で備えたほうが有効であるかもしれない。人間と動物とのちがいはあすの事を考えるか考えないかというだけである。こういう世話をやくのもやはり大正十二年の震火災を体験して来た現在の市民の義務ではないかと思うのである。

（「中央公論」昭和八年二月号）

大東京の残骸に漂う色と匂いと気分

夢野久作

この通信が読者諸君の目に触るる時、東京は前古未曽有の大打撃下の昏迷より意識を回復し、今七日よりも数倍の活躍を見せて居る事と信ずる。通信事務は今日よりも組織立ち、食糧品は驚く可き豊富となり、政府の施設は加速度を以て、暗黒より光明へと全市を導きつつある事と信ずる。そうして又、是等《これら》に関する報道は一々読者諸君の前に報道されて、日本国民の智力と意志とが如何にこの大打撃と闘う可く強烈なものであるかと云う事を、如何に力強く証明し、読者諸君をして喜悦安堵せしめ、併せて世界をして驚異せしめつつある事を信じて疑わぬ。

併し同時に読者諸君は、夫等《それら》の諸々の報道が事務的、叙事的で、大東京の残骸に漂う色、匂い、気分に対する抒情的報道は、必ずや飢えに飢えて居られる事と考えられる。記者はこの任を負うて、去る二日午後二時本社を辞して以来、必死の努力を以て、大東京の余炎のまだ消えやらぬ中《うち》、又は人心に揺れ残る動揺、脳味噌に焦付いた大火の色のまだ新しく、まだ消えやらぬ中《うち》に東京に入る可く努力した。そうして東京の土を踏んだ。只此処に許して貰いたいものは、記者が東京に両親、其の他の家族を持って居る事と、東京支社との連絡の役目を持って居る事と、夫《それ》から今一つは記者が病後であるために、其の活動が束縛された上に敏活を欠き、読者諸君の最も知りたいと思われる方面の報道が充分で無いかも知れぬ事である。

更に今一つ遺憾な事は、東京市内がガソリン大欠乏のため、自動車数が制限された上に、殆ど全部が其の他の救護通信用に使用されて居る為め、材料記事を集めるのは、悉く徒歩に依らなければならなかった事である。但し、自動車で見廻った感じと、徒歩で味わった感じとは、その深さに非常の違いがあるものであるから、記者の任務から云えば、反《かえ》って徒歩の方が至当でなかったかと考えられる事を、負け惜みの意味で無く付け加えて置く。

五十七年間かかって出来た東京市の大部分は、十数分間で火煙に消え込んだ。光りと水は忽ち絶えた。引続いて捲起った火焔は、驚くべき速力を以て町から町へと飛んだ。処々でポンポンと音をたてて飛び、猛り、狂い、暴れはじめた。火は火と相撲って旋風を起し、人を捲き、家を煽った。満都の人々を追い包み、捕え、焙り、焼き、池を煮えたたせ、河をわかした。

鉛色に油の様に光る隅田川口の満潮の上に、黒く点々と浮かんでいるものがある。横長いもの、四角いもの、丸いもの、その大部分は松か杉らしい。径二尺、長さ一間半乃至二間に余る角材、円材である。川崎、大森の海岸から、品川、東京と近づくにつれて、流木が愈《いよいよ》多くなって来る。

「大変な流木だな」「深川や浅草あたりから来るんだぜ」「此奴を拾った丈けでも台湾から取寄せるより多いや」（註＝昨夜、政府が台湾から材木を取りよせる事を海軍将校が船客に話したから、皆知って居る＝）「併し拾ったら法律が八釜しいだろう」「無論サ。しかし此際惜しいものだな」と流木に関する法理論がはじまったが、つまり政府が臨機に徴発でもしなければ仕方が無い事になる。「何しろ大変だな」と皆嘆息して黙り込む。思え、流木の数それは、取りあえず東京の被害が如何に甚だしいかを示す可く、ボートの前後左右に続々と殖えて来る。ランチは其の間を縫う。黙々としてそれを見まわす人々の面上には、云い知れぬ緊張味が浮かぶ。

「死体だ死体だ」と誰か叫んで指さす。ランチから一町許り離れた処に、黒いボロ切れの様なものが漂うて居る。其の間から茶赭《ちゃあか》色の丸いものが半分程見えて、テラテラと光って居る。「死骸じゃ無い」と云うものは一人も無い。皆の沈黙は一層深みを加える。灰色の東京の中から、白、黒、赤、茶、緑と、いろいろのものの形が次第に浮かみ出て来る。皆は吸いつけられる様に吾《わが》思うあたりへ瞳を凝らす。

太陽はテラテラと輝いて、眩しく海面を照らす。百噸《トン》級の津軽丸が材木を満載して碇泊して居る傍《かたわら》を通る。

「品川の煙突は皆ソックリして居るね」「之れなら大丈夫だぜ」と、沈黙が破れる。ホッとした様な気持ちが一時にボートの中に流れる。扇を使い出すものがある。帽子を阿弥陀にして伸び上がるのがある。海の水は鉛色から追々《おいおい》朱泥灰色にかわる。「品川の発電所の煙突は立って居るじゃ無いか」「海岸の石垣もソックリしてるぜ」「大海嘯《おおつなみ》だなんて嘘じゃ無いか」などの会話が断続的に交換される。

「台場が見える」「見える見える」品川沖に並ぶ六つの旧台場の中《うち》、一番西の台場の南側の石垣が二三間ズリ落ちて、青草の間から赤土の腸《はらわた》が見える。眼に沁みる程赤い。伝馬の帆が悠々とその下を来る。ボートの中は何となく元気付いて騒がしくなる。

船を離れてまだ数分しか経たぬのに、船の中の気分がまるで違ってしまった。この時までにスレ違った伝馬が十五六隻、追い越したのが二十隻位はあった。荷物を積んで居るのもあれば、居ないのもある。

隅田川口のあたりに汽船が五六隻居て、皆煙突から薄煙を立てて居る。その岸に近い処に、房州通いらしい汽船が一隻傾いて坐礁して居る。その近くの陸上は、黒い細い煙突が一本、茶色の煙を立てて居る。その近傍は無事と見える。見渡す処、屋上の瓦は大抵乗っかって居る。月島あたりの「澪標《みおつくし》」が五六本、歪んだり倒れたりして居る。深川セメントの煉瓦煙突は一本も無い。

左は品川付近。線路上、数百台の貨車が黒く押し合ってかたまって居るのが見える。其の稍《やや》左手に、慶應義塾の記念館が旭日《あさひ》を正面に受けて、ルネサンス式が輝いて居る。その左手から右手に連なる三田台、高輪の緑色は昔の如く、其の間に増上寺の五重の塔がチョッピリと丹碧を持ち上げて居る。都鳥が一羽、浜の方から飛んで来て、大きい輪を描いて二号台場付近に舞い下りた。たより無い様な、頼もしい様な感じが油然として湧く。顧みれば、神奈川のスタンダード・オイル・タンクと、逗子のタンクの煙は漸く茶褐色に薄らいで来た。しかし臭気は昨日から引続いて品川沖を蔽うて居る。芝浦埋立地の南側は海中にズリ落ちて、青い竹が斑《まだら》になって居る。何《ど》うやらバラック式の家が一軒立って、軍人が三々伍々警戒しているのが見える。

吾々のランチが岸につく前に、ボートに一人宛乗《ずつ》って居る兵士からこんな事が達せられて居た。「ボートが着いても直ぐに上陸していけません。司令官の許可があるまで待って下さい。舟べりに手をかけない様に。潰れますから」。この言葉は一兵卒の口から伝えられたにも拘らず、陸に着いて後、驚く可き厳重さを以て守られたことを記者は特筆大書しなければならぬ。

ランチの中もボートの中も、ドシンと云う陸のショックを受けて後、唯一人としてたち上ろうとするものが無かった。ただ、皆手荷物を引き寄せて、陸上に兵を指揮して居る鬚武者大佐の日に焼けた顔をジッと見守って居る。その時、ランチの中に居た白服の若い西洋人と、その通訳らしい日本人と二人が立ち上って、船べりに上ろうとしたが、キョロキョロとあたりを見渡して、又腰を下した。西洋人の権威（?）をかりて先に上陸しようとした通訳の心理状態がありありと窺われる。

船の中の大部分の視線が、この二人の行動に注がれたのは云うまでも無い。取わけても三十歳前後の通訳の顔に——軽い、しかし深刻な意味での非国民、売国奴と云いたい様な気持ちで——。極度の心配と之れに対する驚く可き自制力、夫は大正十二年九月六日午前八時三十分、全滅後の東京を見舞う可く芝浦埋立地に上陸した数百名の日本人によって表現されたものであった。しかし之れでも、この曠古の事変に対する吾同胞の悲しい、而も一糸乱れぬ理智の力が何《ど》の程度までその野性を柔順化して居たか、そして、この事変を対岸の火災視して居るかの様な彼《か》の二人の不謹慎に対する反抗心の勃発を押えに押えつけたかを証明するには充分であった。

芝浦第一号埋立地堤上の草の上に、顔色青ざめた男がしゃがんで居る。クシャクシャになったパナマ帽、袖口の裂けた浴衣、新しい靴、長い竹の杖、傍《かたわら》に下した風呂敷包などから推して、避難民である事が直ぐ知れる。それよりも、その亀の様に表情の無い顔付きと、光りの無い目、それは九月一日正午以来の果てしない恐怖のあと、今日と云う今日、やっと避難船乗場の青葉上を踏み得た安心から来る疲労を、アリアリと見せて居た。喜びも無い、悲しみも無い、乞食でも無い、市民でもない、只人間の形をして生きて居ると云う丈けの表情であった。慄《ふる》え切った東京の太陽の下からさまよい出た空虚な魂であった。陸上に忙しく立ち働く兵士たちの、元気な汗にまみれた顔と好対照を作る可く記者の眼の前に現われた、無感覚、無使命、無自覚の姿であった。

「皆さん、御注意申し上げます。上陸をなすったならば、すぐに避難所の門の外へ出て下さい。避難の方と混雑しますから」と、一人の海軍士官が出て来て、大きな声で伝達した。皆はゾロゾロと上陸しはじめた。上陸者は何《いず》れも背負い切れぬ荷物を背負って居た。ソレ等は約三尺の板の岸壁を登るのに、互に助け合って上陸した。

岸から十間ばかり離れて、バラック式の平屋の避難所が建って居る。総計二三十軒ばかりの中に、老幼男女がゴチャゴチャとウゴメイて居る。皆、身を以て逃れた連中らしく、風呂敷を枕に寝て居る女、子供を抱いて日記をつけて居る男、ボロ切れを重ねて横たわる老婆、黒山形の内側を探すシャツ一枚の鶴髪の老翁等。表の草原《くさはら》には衣類やおしめが、つづらの線の様に干してある。

門を出て左に曲ると、上陸者は皆此処に集まって、各自に名を呼び合って行く。「オコドモタチノタメニ」と云う神戸のボーイスカウトの旗の下には渋谷、青山方面行きの一団。その他、大森方面と書いた白木綿、深川、本所方面と書いた新聞紙、牛込、小石川、早稲田方面と書いたボール紙が西風にひるがえる。男の太い声、女の黄色い声が八方に湧き起り、飛び交う。之れに対する東向きの板塀の間に建てられた冠木門《かぶきもん》の両側には、「東京芝浦救護班」「大阪商船救護班本部」「臨時震災救護部出張所」「海軍桟橋事務出張所」等と云う札が、処せまきまで掛け並べてある。その前に哨兵が二三人立って、厳重な取調をして、上陸者に対する細心の警戒をして居る。

其の中《うち》に上陸者一同は思い思いに出発する。記者はボーイ頭の明石君に握り飯の半分を渡し、牛込組に加わる筈の予定を変更して、只一人ボツボツと出かける。壊れかかった渡を渡ると、下には無人の伝馬船が押し合いへシ合い横たわって居る。何処かのボールのグランド横のトタン屋根の下では、雑草茫々たる中で早くも秋虫が鳴いて居る。その横で第一回の土地の大亀裂に逢う。南浜町の入口の交番に巡査が腰かけて居る。サーベルの環の処に赤い銹が吹き出して居る。垢じみた帽子の日蔽い、膝小僧のよごれたズボン、鬚を剃らぬ顔、何れも疲労其の物の姿である。

左手に見ゆる東京瓦斯《ガス》会社のタンクはスッカリピシャンコになって、巨大なフレームが虚空に輪を描いて居る。タンクの下の電車には避難家族が住んで居るらしく、窓にはカーテンの様に蚊帳が張られて居る。其の上の草の上に、グランドの鉛板をはがして、乞食小屋を作って住んで居る人々から見れば、電車生活者は正に成金生活者に見えるであろうなどと考えさせられる。

残骸の東京は食糧と日用品とかまで充分とは云えないとは、避難者が異口同音に叫ぶ声である。記者が乗船した備後丸には、積める丈けの食糧と日用品と満載して、東京の窮乏を救うべく急航したのだから、これが全部陸揚げされたら幾分の緩和を見ることが出来ようと思う。記者が備後丸と別れた際は、全乗組員総出で食糧と日用品を整理して居たから、もう救済事務局へ運ばれた頃である。

記者は芝浦の埋立地から本芝の通りへ出ると、夥しい人通りに記者は先ず驚かされた。今から考えると実に馬鹿々々しい話であるが、記者は此処に来るまで、荒涼寂莫人跡を絶った東京を想像して居た。彼《か》の軍馬の騒音、彼《か》の人のどよめき、分秒を惜んで波打つ大東京の生きた喘ぎは跡かたも無くなって、寂滅の海に沈んだ大軍艦の如き廃都を想像して居た。地下から掘り出されたポンペイを訪う様な気分に襲わる可く期待して居た。然るにこの人通りには全く予想を裏切られた。この車馬の絡繹には案外であった。

シャツにズボン下、脚絆、草鞋《わらじ》、弁当に水筒、長い杖と云うのが、その十中の八分で、一分五厘が跡片付けの人夫や救護団の兵士なぞ、用ありげな人々である。そうして、あとの五厘が正真正銘の避難民と云ってよかろう。皆、左側通行を厳守しながら、重なり合い、踵《くびす》を連ねて銀座の方へ来る。

彼等の中には真実に知り人や、取引先、又は骨肉の行衛を尋ね歩く、吾々と同じ気持のものもあろう。しかし、その大部分は焼跡見物人である事は、その服装と持物と歩き振りでわかる。彼等は、天が日本の中央に示した大奇蹟……一夜にしてローマを灰にしてしまったネロの好奇心……それに数十倍した天の狂暴的大破壊の跡を、千載の一遇の見物《みもの》としてのぞきに来たのであろう。彼等は押し合い揉み合いつつ、左右をキョロキョロしつつ、黙々として往来一面に流れて行く。

其の間を絡繹として馬車、車力、人力車が行く。其の間を追いかけ追いかけ自動車が飛び交う。しかも避難民を乗せて居るのは五分の一位で、あとは皆、焼け出された荷物、食糧、日用品、又は何々救護団と云う旗を立てた荷物車である。中にも自動車には、物を乗せて居るのはほとんど無く、申し合わせた様に腕に物を巻いた兵士や役人、又は何々省非常用と書いたものに、姉《あね》さん冠りの別嬪一人なぞと云った調子で、何れも手を挙げて怒号し、警笛を連続させて、ペーブメントの塵を濛々と捲き立てる。その雑踏、その混雑、其の中を波打ち流るる紊れた秩序回復の努力。之れは記者が大東京の本通りに来て、第一番に驚かされたものであった。

この混雑と雑踏の街を、四十前後の、商人風の筋骨逞しい出歯の男が、「家屋につけた一万円の保険金は取れないそうだ。もう駄目だ。焼け糞だ」と怒鳴りつつ、誰れ彼の嫌いなくブッ突いて暴れ廻って居る。追駈けて来た兵士から手とり足とりされて、トウトウ縛り上げて引立てられて行った。保険金問題はこうして発狂させてしまったのだ。まだこの外にも幾多の発狂者を出しているかも知れないと思うと、記者は何とも云えぬ重苦しい街の空気の中に吸われて行く気がした。

（「九州日報」大正一二年九月一五〜一七日）

焼跡細見記

夢野久作

変わった銀座の姿

屋根の鉄骨が露出して、雷獣に踏み散らされた様になって居る新橋駅を左に見て、新橋に近づく。土橋行きの電車が二台生き残って居るのは、早速、貼り出し塔に応用されて、「市民諸君、米が最早一万俵余到着して居ります。御安心なさい。罹災者は、芝浦第一埋立から船が、又汽車が日暮里から出ます。それぞれ無賃輸送をします（東京市役所）」

等云うのを筆頭に、種々様々の貼札がベタ一面に貼りつけてある。市役所の布告が肉筆で書いてある処に、市当局の努力の如何に物凄いかが察せられる。東京市は今六日まで、骨の髄まで露出させられて居るのである。

橋の右手は、河ぶちへかけて、ビールの広告塔を除く外、一面の焼野ケ原である。汐留駅の方から吹くそよ風は、何となく火葬場の様な匂いがする。

銀座に足を入るると、左側取り付きの博品館、東京遊覧者の思い出をそそる彼《あ》の古風な建物は、頗る簡単明瞭な外側ばかり。それも昔の俤さえ見えず伽藍堂《がらんどう》になって居る。

「大徳の糞放りおわす枯野かな」

の黒点に読み方と説明をつけよと云う試験問題に、

「大徳とは銀座の帽子屋」

と書かれた位学生に知られて居る博品館横の帽子屋も、博品館と似たり寄ったりの姿となって、前にはお隣の三銀の瀬戸物が山の様に堆積して居る。其《その》隣の千疋屋（果物店）は、今頃ならばメロンを山の様に積んで、瓦斯《ガス》の火に甘いにおいを漂わして居たのが、地下室まで焼け抜けて、冷蔵庫の内側の金物ばかりがもとの儘残って居る。

右側の取り付きは、四五年前に出来た新橋ビアーホールである。彼《あ》の飾り電灯、あのエプロン、彼《あ》のテーブルは何処へ行ったやら、素裸体《すっぱだか》になって居る。壁の中をのぞいて見ると、金属性の花瓶や、ヒビ割れた皿が、瓦の間からチラホラして居る。其隣の電友社で旧型を有するものは、これも屋根瓦の山の下からのぞいて居る三台のモートルばかり。其隣の東北拓殖、秋田木工、宇都宮回漕店なぞ、一列一体に壁と窓が立って居ると云うだけ。其隣回漕店の片隅にある三個の大弗箱《だいドルばこ》は何れも焼け切れてしまって、出雲町の川崎銀行の三階丈けが見かけばかりと昔の儘に残って居る。

左側では、彼《あ》の赤白ダンダラの洋傘を五段つなぎにして夏も冬も吊して居た葛西洋傘店、其隣の絵草紙本屋文祥堂、其隣の小山モスリンまでは、それこそ境目もわからぬ。資生堂薬品部まで来て、やっと、鉄の支柱、煉瓦巻鉄柱の起伏を見る事が出来る。京橋の方から銀座を此処らまで来ると、大抵アイスクリームかソーダ水を飲みたくなる。そんなものや洋食が此《この》店にあった。其名残《なごり》の胡椒瓶、ソースの空瓶なぞが店の前にコロコロして居る。

横町を隔てた資生堂の化粧品部の内部は、鍋の尻の様に真黒にくすぼって、色硝子《ガラス》の軒燈、ブロンズの柱飾りは、角の瀬戸引き煉瓦にカジリ付いて、昔の俤を日の光りに曝して居る。其隣の元祖長寿庵や沢崎洋品店から続いて二三軒、相模屋食料品店までは一列一体に瓦石土芥の山で、其先隣の亀屋食料品店が辛うじて二階であったかと思わせる位のもので、其二階の鉄の欄干は破れ網の如く軒の下の敷石まで爛れて居る。

反対側の右の並びでは、一町程手前に帰って、ゑり治、文明堂、共益商会など連合の洋館長屋は老人の歯の様になって、其隣のジョーコンパと聖書屋が上荷勝《うわにが》ちの凱旋門を小さくした姿をして居る。其向うの十間ばかり離れて、針金に引っぱられてやっと立って居る細長い煙突の上に、うっそりとした三日月が懸かって居る淋しさ。

其隣の松喜屋牛肉店は、台石も見えぬまで瓦や石に蔽われて、只、蔦の紋所を打ち抜いた細長い鉄板が残って居るばかり。ヘシ曲った鉄の欄干は、たしか二階表通りの南側にあったものと記憶する。此辺が先ず半町ばかりの間は、処々に入り口の崩れ残りが見える丈け。其中でも東京貯蓄とサンデン電気の二つは上出来の方で、貯蓄銀行の方は電話番号から木の表札まで焼けずに残って居る。

左側に帰って、美濃常洋品店、沢田洋館が壁ばかり。銀座食堂は只の瓦石の山となり、菊坂洋品店、中野商事、黒沢商店が右同様である。向い側に国光生命の大建築が鉄筋の生《なま》乾きの儘残って居る。片隅に敷石用に積んであった花崗岩が焼け砕けて、米利堅粉《メリケンこ》の様に柔かになって居るのは奇観である。当夜銀座を吹き包んだ火熱が、如何に白熱度を越えて居たものであったか推測されて、身の毛も竦《よ》立《だ》つ様である。

横町を隔てた其筋向うの芝浦製作銀座陳列所、ブレット・ホスピタル・ファーマーシー、東京電燈銀座出張の一棟は、在りし昔、一列の大ショーウインドを並べて、西日のさす時、向い側の家並みと人通りを手に取る如く写したものである。其ガラスが今は氷砂糖の様に砕け、飴の様に溶け流れて敷石に散らばって居る。しかも芝浦製作陳列所の丈けに余る何かの機械は、雷に打たれた様にひしゃげて、下らない鉄の固まりとなって窓の中にうずくまって居る。

その大窓のガラスにうつされて居た向い側のフタバ商会から北へコザコザと並んで居た建物は木っ葉微塵となって居る。之に対する左側の鳩居堂は、新築中であった為かどうか、真黒く、真四角な形に焼け残されて居る。

此辺まで人道の大部分は、焼け木、杭、石片、煉瓦片、又は焼け灰に蔽われて、人は皆車道を通って居る。車道の木煉瓦は一面に茶碗、又は飯茶碗位の大きさの黒い丸い穴が出来て、なんの事は無い、大きな痘痕《あばた》の連続である。木煉瓦の上に降り落ちた火の粉の一つ一つが作ったものだそうな。電車の死骸は益《ますます》殖えて来た。その車体の燃え得る限りのものは悉く燃え尽して、硝子と云う硝子は悉く水の様になって、フレームや車輪に流れかかって、絹糸の様に日光に輝き乍ら風に吹かれて居るのが見える。車掌台の処にアルミの弁当箱らしいものが紙の様にペチャペチャになって貼り付いて居るもの、腰掛のバネの尖端に蟇口の口金丈けが引っかかってブラブラして居るのなぞが見付かる。

二日の夜、星明らかに青ずんだ空の下に、金属と云う金属、石と云う石が悉く珊瑚となり朱となって、右に傾き左になびいた。其中に暴れまわる無数の黄金の猛獣と紅白の竜蛇、其上に涯てしも無く羽うちかける血色の怪鳥、彼方此方《あなたこなた》に一斉に群立って五色七彩の暗雲に消え入る千万無数の朱の小鳥、其時の美観壮観はどんなであったろう。街路は火と煙の海となり、電車は其《その》一つ一つに光焰の一団となって、無人の銀座街頭に眼に見えぬ破壊の魔の神のみがのたうちまわる時、其静寂さ、物凄さはどんなであったろう。見る人も聞く人も無い間に浅ましくも変り果てた銀座の姿よ。

彼《あ》の星と高い建築と、彼《あ》の霧と夜店のカンテラと、青い瓦斯の灯と柳の茂みと、彼《あ》の飾り窓と百燭光と、それから、花電灯の下に茶と珈琲《コーヒー》と、アイスクリームと菓子と、果物と肉と酒と、そして、白粉《おしろい》と香水と異性の肌の香をあおる白いエプロンと、しなやかな浴衣と、其間にキラメク貴金属と宝石の光り、それらを行く先き先きの舗道の左右に提供して呉れた、あのなつかしい銀座は何処へ行ったろう。

今は、冷たい、黒いそれ等の建物の骸骨が歯をむき出し、立ったり座ったり、寝たり砕けたりして、殺風景な姿の人々を送り迎えて居るばかり。左様して、一軒毎に建てられた粗末な立ち退き札が、辛うじて昔の家並を思い出させるばかり。しかもそれ等も、此処数箇月か数年の内には、ただ大きな恐ろしい昔語りとなってしまうであろう。

尾張町電車交叉点の交番は屋根丈けが焼け落ちて居る。それは、曽て日比谷公園の焼き打ち騒ぎの時、往来に引き出されて、石油を注がれ焼かれた木造のかわりに、石造として建てられたものであった。白服と云うよりも鼠色服の巡査が二名、着剣した軍人が二名、其辺をうろついて居る。

雑踏は昔の通りであるが、それは唯、車と人間の数丈けが同じと云う丈けで、色も形も音響も感じも違うのは勿論である。ポールのスパークも見えず、警鐘もきこえず、老若男女の走り惑う姿も無い。往くも帰りにも、出稼人や御嶽登り其儘の血気盛んの人々のみで、自動車の中の人までも腕まくり式のが多い。殊に此処まで来るうちに、避難民を載せた馬車の数は次第に殖えて、老幼男女を五六人乃至七八人載せたのが、引き続き引き続き品川の方へ去る。其中で荷物を携えて居るのは極めて少数で、他は大抵手ぶらに洋傘一つ、それに草履か足袋跣足《たびはだし》と云う姿である。体一つの、焼け出された姿其ままである。

右側のカフェーライオンは、入り口、階上のアーチが二つ、辛うじて原形を止《とど》めて居る。昔此処に居たお饒舌《しゃべり》の別嬪給仕、当時の学生たちにクララ・キンポール・ヤングと持てはやされた名物女お菊さんは、つい此間結婚したと云う。白いテーブルクロースの上に並んだ、あまり美味《おいしく》もない洋食とダリアの花が、キラキラ光る青空のもとに、幻影よりも鮮かに浮出して思い出される。辻の向う側の山崎洋品店は、其処の入り口に明治二十年頃からあったと云う、大礼服の紳士の立ち姿と共に消えて、壁ばかりとなって居る。其うしろに、只それ丈け残った木村屋総本家の煙突がニューと突立《つった》って居る。

此処で連れの人と別れて、右の方、木挽町方面へまがり込む。カフェーライオンの横にあった園芸品を売る店は、いつも珍らしい花や葉を並べて、銀座をあこがるる種類の人々の、かぐわしい、しめやかな思い出の種となって居たものである。どうなって居るか知らんとのぞいて見ると、これは又思い切ってあともかたも無い。

三原橋を渡ると、歌舞伎座がもう眼の前に迫って来る。桃山式か何かの、物々しい瓦を前後左右に重ねた、黒褐色の鉄筋コンクリートの大建築は、まだ何等の上《うわ》っ張《ぱ》りを付けぬ儘、此界隈は勿論、深川、本所方面まで、眼路はるかな焼け跡を威圧して居る。背後にはバラス捲き上げの鉄路や足台が残って居る。屋根の上には、積み上げられて葺くばかりになって居た、新しい瓦が青白く光って、一部は網を拡げた様に散らばって居る。

築地の入り口の万年橋を渡る。築地河岸でちょっと名物と云ってもよかった貸しボートが、橋の下一面にギッシリ押詰まって、避難民を収容して居る。右手の府立工芸学校は建物の下まわりばかり。左手に、何とか云う建築技師が誇りかに組み立てて居た、北欧風の赤煉瓦の家は、上の方丈け蹴放された様になって居る。

銀座出雲町の停留所の少し先から左、南鍋町の九日支社の方へ曲り込む。南鍋町、宗十郎町、竹川町、山下町、あの辺は一続きの焦土となって、町の境目さえ何処だかわからぬ。左手の方はるかに小川写真館の残骸、右手に数寄屋橋付近の大きな家並がバラバラになって立って居るので、やっと見当が付く位である。電線の鉄条網、鉄柵や焼け木、煉瓦とコンクリートの堡塁が前後左右に迫って、踏むに従ってバラバラと頽れるあとから、ほのかに火気を含んだ灰がムラムラと立つ。処々、死骸でもあるかの様な臭気さえ交って来る。青空一パイに照る日の光りに曝された、落莫寉嵬たる焼けあとに踏みまよう人の痛ましい気持ちを、記者はしみじみと味わった。やがて其人は、探しあぐんだかして、只ある金庫の傍に立ち止まって、帽子を阿弥陀にして反り身になった。其人の前から迸り出た小便が金庫の蔭にキラキラと光った。

記者は思い出した様にサイダの口を開けて、飽く迄飲んだ。左様して、残った五分の二に蓋をして、大切に皮袋に仕舞い込んだ。重い荷物を背負って、牛込まで二三里の道を歩かねばならぬ事を思って、此処を去った。銀座の町へ出た時に、噴火口を渡り終った気持ちでホッと一息した。靴も皮ゲートルも焼け灰で真白になってしまった。

尾張町の角にあった服部時計店は、お隣の天麩羅屋天金と一緒にベタベタに潰れて居る。そのお向いの右側には、木村屋菓子店の黒白ダンダラの壁が軒先に宙乗りをして居る。その少し先の天プラ屋の天虎の近所は、痕跡を止めぬと云っていい位である。其先の銀座ビルデングを隔てた伊東屋の三階は、中味が空っぽの儘、表丈けは他に比べてどうやら立派に残って居る。飾りの色煉瓦や金文字なども見える。その筋向うの貴金属商玉屋の焼け跡付近で、地面に焼けたトタン板を敷き、其上に俎を置いて、刺し身庖丁をふりまわして、「一切れ、一貫一貫」と水瓜を売って居る。記者も立ち寄って、一切れ買って喰う。家へ帰ってから食料があるかどうかわからない。何でもいいから腹ふさげと云う積りである。何時の間にか、記者も避難民と同様の心理状態になってしまった。記者の他にも十人ばかり輪を作って、焼け灰の中や焦げた木煉瓦の上に吐き散らして居る。若し遷都論が起って、東京が此儘廃都になったら、此種子《たね》から芽を吹きはしまいかなど、下らぬ事を考える。

甘い汁を吸い乍ら行く手の方を見渡せば、上野の方へ向って左手の方で旧形を止めて居るのは、手近い教文館と、ずっと遠く京橋際の大倉土木丈けである。就中《なかんずく》教文館は、中の書物までも無事ではあるまいかと思われる位に、立派に高く聳えて居る。そのほか、山野屋楽器店、山田金庫、十字屋なぞ、此処からはあとかたも見えぬ。その向い側の銀座ビルも、真黒な鉄筋コンクリートの下の方が真白に焼けて、将来役に立つものかどうかわからぬ。其先のコザコザした店は、京橋付近まで壁が断続して居ると云う丈けである。

一体に、銀座街頭の何処の家でも皆、表通りを特に念を入れて築いて居るらしく、家の背中に当る建物が残って居るのは、金庫と倉庫のほかあまり見受けられぬ。入り口の左方の壁の残りと、其背後数間を隔てて坐わって居る真四角に錆びた金庫、それが銀座街頭の焼けあとに共通したタイプで、それが左右にズラリと並んで居るものと想像すれば大した間違いは無い。「罰が当ったんだ」と、水瓜喰いの群の中から一人の商人らしい男が叫んだ。労働者と一緒に薄笑いをして、眼の前の玉屋の店を見て居る。

欧州戦役で米国と相並んだ成金の日本を呪った華美の風《ふう》、世界を羨ましがらせた傲奢、それを一夜の夢と化した縮図が眼の前の玉屋である。此玉屋の飾り窓の硝子を嵌める当時を思い起すと、二枚宛《ずつ》一組にして、四枚を二台の牛車に載せて来て居た。それを十人位で抱え卸して取り付ける騒ぎと云ったらなかった。その大硝子板は何処へ行ったやら、破片も見えぬ位窓と共に消え失せて居る。其奥にあった数限り無い貴金属はどうなって居るであろう。焼け木、焼け灰、焼け煉瓦、焼け石に蔽われて、掘り探したあとも無い。

京橋際の交番は、これも屋根丈けしか残って居ない。しかし、巡査は室の中の石に腰をかけて威儀を正して居る。其うしろに高く高く聳えた大倉組土木会社は、近寄って見ると中味は黒すぼりである。記者が見て居る時、往来に面した入り口がパッと開いて、一人の男が狂気の様に飛び出して来た。汚い印袢纏に縄の帯を締めて、濡れ手拭いで口を蔽い、今一枚で頬冠りをして、真黒に灰を浴びて居る。其あとから又一人、同じ姿の男が飛び出して来た。二人のあとから真黒な灰が渦巻き出で、入り口の扉にあおられてキラキラと輝いた。二人は大急ぎで覆面をはずし、印袢纏を脱いで、ゼイゼイ息を切らして、無言の儘、怨めしそうに二階の窓を見上げて居たが、ややあって一人の年を老《と》った方のが、真面目な怯えた様な顔をして云った。「すっかり窓を開けたら、又燃え出すかも知れねえ」「今日で五日目ですがねえ」。二人の背中は汗で一面に光って居た。

京橋を渡る。橋の向うの右側には第一相互館、左側には片倉製糸の大建築が、中味までもどうにか無事らしく、相並んで空を摩して屹立して居る。橋の下の光景は新橋と似たり寄ったりであるが、此処には大きな材木が多い。何れも、水面の上に出て居る処は真黒く斑《まだら》に焦げて居る。

（「九州日報」大正一二年九月三〇、一〇月一日）

残骸の東京

未曾有の大震災と大火災とに呪われた帝都大東京の無残な廃墟姿は、到底筆舌の能くする所ではない。今や帝都復興の計画に全力を傾注はして居るも、二十年三十年の後でなければ、新東京の輪奐の美は見られまいと云われて居る。茫莫たる焼け跡の大東京は綜合的に紹介されて居るが、部分的には未だ多く報道されて居ないようであるから、記者の眼に触れた、惨澹たる、有りのままの、変り果てた、哀れな姿を紹介することにする。

「築地三丁目本願寺前」と、昔、電車の車掌が叫んで居たあたり、待合、料理屋、弁護士の家（女優森律子の父）、琴の師匠、何々商会など、箒で掃いた様になって、其向うに本願寺の五線土塀が瓦を無くした儘つながって居る。此土塀が残って居なかったならば、本願寺は直ぐ傍に来るまで見当が付かないであろう。土塀内の樹々は皆葉をふるうて、冬木立其儘となって居る。南側の土塀の頽れた処から、避難民の家屋が五六軒見える。

府立工芸学校角から右へまがる。左側の鳥井鉄工場は、只鉄の器械と鉄板と鉄屑の堆積になって居る。右側の京橋署長官舎は白い灰となって、軒灯の破片にそれと知られるばかり。小路を隔てた待合竹田屋、堀に面した山本栄三郎（中村歌右衛門）香雪軒、それから某相場成金の石ずくめの家は皆焦土と化して、数寄を凝らした山本の家のお庭は、そこぞと見えるあたりに外囲《そとかこ》いと、数本の焼け木が残って居る。

竹田屋と山本栄三郎の家との間にあった、ペンキ塗《ぬり》二階建の西洋館――それは父の会社であった良革社であった。今は入り口の石段ばかりになって、其傍に、

「海軍参考館跡に立退《たちのき》、杉山全家無事」

と札が立って居る。記者は呆然と其石段を見詰めて居た。

隣家の竹田屋の前の往来に、五六人の美しい女中が、淡紅色や水色の脛も露わに寝ころんで居る。其中の年増らしいのが、ドロップらしいものをしゃぶりながら、記者の姿をジロジロ見て居る。

「一寸お尋ね申しますが」

と記者は帽子を脱いだ。

「此家《うち》の者は皆無事でしたろうか」

年増は起き直って手拭いを除《と》った。

「エエエエ、みなさん御無事ですよ。牛込のお宅の方と御一緒に居らっしゃるんですっ

て」

「アラ左様《そう》かい。妾《わたし》一番に飛び出したんだけど、大将の姿は見えなかったよ」

と傍の一人が起き直った。彼等同士話し出した。

「さっき焼け跡を捜しに来た、いつもの書生さんが左様云ってたよ。牛込の方は瓦一枚落ちなかったたってさ」

「隣の会社だって、地震が済むまで、たった一軒残って居たわね」

「じゃ、火事でやられたんだね」

「大将はあのとき何処に居たの」

「隣の二階に寝て居たんだよ。イの一番に飛び出して、牛込の方へ行ったんだっさ」

「よく怪我しなかったんだね。彼《あ》の図体で」

「ナアーニ、あれでなかなか敏捷《はしこ》いんだよ」

「貴方は此処の会社の方ですか」

　と、若い生意気らしいのが、寝た儘ジロリと記者を見た。襟の処にお化粧が斑《まだら》に残って居る。ホッとすると同時にガッカリした記者は、急に眼がまわる様な気持ちになった。あらゆるいまわしい想像、空想、推測、予感が、張詰めた決心と共に一つ一つスイスイと蒸発して行ったからである。上からは正午に近い秋の日が、青い青い空の真中《まんなか》からカンカンと照り付ける。

「有り難う」

とお礼を云うと一緒に、会社の跡の、石だたみに近い、やわらか相な灰の上にそっと腰を下した。病後の骨ばった肩に喰い入る程痛いリックサックを卸して、上衣を脱いで、汗を拭いた。乾燥した、焼け臭い、酸っぱいにおいを含んだ風がソヨソヨと吹く。シーンと頭が痛んで来る。持って来た食料もサイダ瓶も皆投げ棄てて行き度い位に、馬鹿々々しい腹立たしさが、一種云い知れぬ嬉しさと一緒に頭の中で鬼ゴッコをはじめる。

不図気が付くと、お尻の処がジメジメして居る。濡れた灰の中を手で掘って見ると鉛管が出た。其先からポタポタと水がしたたり落ちて居る。此処は、以前、会社の自動車倉庫があった処で、此鉛管は自動車掃除用に引いた水道の口であった。家から遠い為か、又は逸早く灰に蔽われた為に焼け残ったものであろう。ナイフで潰れた口をコジ開けると、見る間にドブドブと出る様になった。灰が見る見る洗い出されて石だたみが出て来る。

身体《からだ》を逆にしてゴクゴクと飲んで、手拭いを濡らして、今一度、頭から顔から首から手へかけて拭い上げる。帽子を阿弥陀にしてホッと一息する。万事皆夢の如しと云う気持に深く深く考え沈んで行く。其他に何等の感想も無い。

「アラ、彼処《あそこ》に水が出て居るわよ」

と、竹田屋の女中が二三人立ちよって来た。其声を聞いて、汗を拭き拭き通りかかって居た禿頭の紳士も近寄って来た。

記者は又リックサックを負うて、此処を出発した。弁当はまだ喰う気にならぬ。南鍋町の九州日報社の支社も無論焼けて居た。それから、早く牛込に行って、両親や母や妹の無事な顔を見たいという気持ちに満たされた。

川ふちへ出て海軍参考館の前を通る。参考館の屋根は鉄骨ばかりになって、赤煉瓦の中からいくつかの窓が真黒な口を開いて居る。ここの名物で、花時になると、きっと消息を東都の新聞紙に伝えられて居た桜の樹は、皆無惨な焼け木となって、細い枝を灰色に霞ませて居る。入り口の橋の袂に近く突立った有栖川宮の銅像は幸に無事である。此方四間ばかりの台石と、階段の花崗岩が、処々軍用パンの様にはじけて居る丈けで、宮様の雄姿は、中空数丈の高い処から落莫茫々たる下町の焼け跡越しに、遙かに茶色に燻る隅田川の上流あたりを見晴らして御座る。その宮様の右手はるかに、糸の様に空に消え込んで居るのは、役に立たなくなった無線電話のポールである。

日比谷大神宮で結婚して、築地精養軒で披露をする——これが近頃の名家の子女のお芽出度い事に流行した一つの型であった。其他、東都の名ある大宴会を片っ端から引受けて居た築地精養軒は、まわりの壁の一部を除くほか徹底的に土崩瓦壊して、其真中の当り、鉄の煙突と、徳利の様な低い煙突とが、チョコンと残って居る。馬車まわしの棕梠林は黒坊主になって、其真中の二つの祠も土台ばかりになって居る。堀の水に影を沈めた、幾層の青白い窓は再び見る由も無い。

街を隔てた左手の農務省は、昔ながらに、黙々として真四角に聳えて居る。但し、中味はガランドウになって、硝子の無い窓がいくつもいくつも青空を透して居る。其青黒く陰気であった四壁の色は、今は最下層の窓近くに丈け残って、上の方三階の絶頂まで、すっかり淡紅色の明るい晴れやかな色彩とかわって居る。無論、建物に充ち充ちた大きな火熱のために、壁の原料が変質したからである。同じ恰好の建物が、色に依って斯様も感じが違うものかと、記者は坐《そぞ》ろに驚かされた。近付いて見ると、まわりの鉄柵はペンキも焼けずに居る。その処々に、亜鉛板がまるで腐った蓮の葉の様に突き刺さって、其近所丈けを黒く、又は赤く燻らして居る。此様な金属板は、其当時カンテンの様に赤く柔かになって、吹き上がる火焔の中から洩れ落ちて、此処に突き刺さったものであろう。鉄柵の内側には、まだ数限り無く、落葉の様にベタベタと積重なっている。

正面の銀座へ出る橋は落ちて居ると、往く人に聴いて、出雲橋の方に向う。逓信省前の大電柱は中途から焼け折れて、無数の電線が気狂い女の行きだおれの様に地上に渦巻いて居る。鉄の鎧戸を固く閉して人気も無く暗い階下の窓、その左右から鉄網入りの窓硝子が練立てのアルヘイの様に流れしたたって居る階上の窓、天井の破目から矢の羽の様に日光がさし込んで居る室々、それ等を数町の間に赤白ダンダラの大建築で引き連ね、積重ねた逓信省は、只森閑とした大きな日だまりを作って居るに過ぎぬ。いつも交換娘を雲の様に吐き出す中央の通用門は、鉄柵が固く閉されて、瓦石と土砂と、針金の山が波打って居る。向うに、暗い窓と明るい窓の幾並びが火に焦げって見える。其大建築の何処かにカナリアの啼く声がきこえる。右か左か、遠くか近くかわからない儘、微《かすか》に声を限りに囀って一入《ひとしお》の閑寂を添えて居る。

とうとう又汐留駅に出てしまった。こんな事なら三原橋の方へまわった方が早かったにと思う。平生ならこんな半間《はんま》な真似はしないのであるが、家中皆無事と聞いて安心したのと、橋が落ちて居るかも知れぬと云う事を忘れて、南鍋町の方へ近道をしようとしたものだから、ついつい馬鹿げたまわり道をしてしまった。

京橋を渡ると、街路の左右は銀座の様に沢山の残留家屋は無い。其代り、雲に聳ゆる大廈高楼が数町に一つ宛の割合いで突立って、ずっと神田の方向までつながり重なって、茫莫たる大東京の焼け跡を貫く大道の道しるべを自ら作って居る。其左側の一つである伝馬町の星製薬会社に立ち寄って見る。コンクリートの建物の中は、二階三階打ち抜きの空洞となって、床の上には甃《いしだたみ》の破片、硝子瓶のこわれ、黒こげの紙なぞが一パイに散らばって居る中を、四五人の人が行ったり来たりして片づけて居る。其中の一人に星一《ほしはじめ》氏の安否を問うと、無事だと答える。工場が焼け残ったから、其方を整理して居る相である。

中橋広小路から通三丁目へかかって眼につくのは丸善の焼けあとである。焼けない前までは最も堅固らしく見えて居た、あの頑丈な赤煉瓦が、これは又思い切った無残な破滅である。彼《か》の新しい洋書の表紙のかぐわしいにおい、又は粋を凝らした文房具のエボナイトやフリントガラスの輝きに人を引き付けた、様子ぶった建築の面かげはあとかたも無く、しかも普通の家と反対に、表通りの方がボール箱を潰した様になって居る。入り口の左右にあった彼《か》の二匹の青銅の大きな猿は埋もれて見えず、背後の煉瓦壁に階段のあとが見えて、小さな窓が二つ三つ宮城の方の空を透かして居る。其上の方から急角度に折れ曲った、藤蔓の様に乱れ下った十数本の太い鉄骨の物すごさ。「危険、近寄るべからず」と書いた立て札の近所に、「ラムネ」と書いた札が引っかかって居るが、人間は一人も居ない。逸早く此処で露店を開いて、追い立てられたものであろう。其筋向うの何店か知れず、コンクリートの潰れた上に、何様《どう》した拍子か、斜《ななめ》に乗っかって居る大きな鉄の函にベッタリと貼紙がして、墨汁で太々と「落ちかかるかも知れません」と書いてある。

焼けない前までは、此辺から神田須田町へかけては、低い暗い純日本式の家と、西洋式の大建築とが入れ交《まじ》って居た。憲法発布以前に建った、恐ろしく旧式の小ジンマリした洋館なぞも多かった。其中には、白煉瓦を火焰で斑《まだら》に焦した儘ソックリ残って居るものもある。そんなのは、将来、大東京の再造後、名物として残りはしないかなぞと考えさせられた。

平生、東京の町を徒歩で行くと、非常に遠い様に思われるのであるが、斯様《こう》して焼け跡を辿ると、恐ろしく近い様な気がする。何処までも先が見え透いて居るからであろう。もう日本橋へ来てしまった。橋の付近に来ると、急に黒ずんだ大建築が殖えて来た。何だか昔は気にも止めなかったものが、斯様して真黒な空虚になって雲表に群がり立って居るのを見ると、急に恐ろしく物々しい。そうして、考えるさえ馬鹿々々しい程、勿体ないものに見えて来る。其中で割合い無事なのは右側の村井銀行で、これは中味まで無事らしい様である。其鉄扉の前には、往来から寄せ集められた瓦、石、土、灰、電線、碍子の類が山の様に積重ねられて居る。

橋際の右側の交番は、まわりの赤茶けた立木と、石の壁だけが残って、巡査も何も居ない代りに、騎馬が十三四頭、頭を寄せてじっとして居る。其馬の腹から四肢は真っ白な塵埃にまみれて、連日連夜の奮闘を物語って居る。橋の前後に立って居るのは、帽子の庇と睫を真白にした歩兵で、四十何聯隊であったかの襟章が付いて居た。

日本橋の欄干に電灯の番をして居る青銅の麒麟《きりん》は、出来た当時、体重と同じ重さの鉛を呑んで居ると云う噂であったが、奮然として背中合せに生き残って、塵埃《ちり》を被って畏まって居る。橋の上から下流を見ると、焼けた船と焼けた家具家財が一面に浮いて居る。種々様々、色々雑多なものが、舟と舟との間の水を埋めて、果てしも無く続いて居るのが、雲集する人の頭越しにチラチラ見える。其人々の中で、一人の人足らしい男が、河の面《おも》を指さし乍ら何やらボツボツ話して居るのを、皆シンとして聞いて居る。聴くとも無く記者も聴いて居ると、だんだん惹き付けられて、しまいには身の毛も竦立《よだ》つ様になった。其人足は向うむきになった儘、弾力のない声でボツボツ語る。

「丁度あの辺で水の中から這い上ったのが、明け方の三時頃でしたろうよ。もう火事は済んでましたけど、往来は足のうらがヒリヒリして、おまけに火気と煙で歩けませんでしたよ。人間一人通らず、私一人で何処へ行っていいかわかりません。まだ其処此処で燃えて居ましたので、往来は明るく御座いました。それから此橋を渡ったまではおぼえて居ますが、それから何処へ何様《どう》歩いたんだか、気が付いた時はもう夜が明けかかって居て、呉服橋の近所をうろうろして居りました。何でも途中で電線か死体か何だかに引っかかって、何べんもぶったおれた様で、左の掌《てのひら》と肘が今でもこんなに青くなって居ます。私は橋の渡り口の真中に座って、ぼんやりあたりを見まわし乍ら、夜が明けるまで居ました。其時にやっと、身体《からだ》がズクズクに濡れて居るのに気が付きました。それから、眼の前の鉄筋の共同便所のまわりに、何だか真黒なものが山の様に居ると思ったら、みんな死体でした。東京駅の貨車の火と挟み打ちになって、共同便所へ一パイに逃げ込んだのらしいのです。彼《あ》の辺では、川へ飛び込まなければ、共同便所よりほか逃げ場はありません。それが一時に押しかけて一パイになった上に、あとからあとから人の足の下へ頭を突込んだ儘、すっかり蒸し焼きになって居るんです。便所のまわりの死体丈けでも百位はあったでしょう」

軽い、しかし深い驚きの声が人足の背後の群衆の中から起って、すぐに消えた。

「あなたは仕事の時、魚河岸に居たんですか」

と、鼈甲ぶちの眼鏡をかけた、書生ッポらしい浴衣が聞いた。人足の古いパナマ帽がうなづいた。

「魚河岸の者じゃありませんが、魚河岸の知り合いの旦那の処へ仕事に来て居ると彼《あ》の地震で、其儘其処に居ますと、其中《そのうち》に火事になりました。魚河岸あたりは、下町中で一番遅く焼けたんですが、皆船に逃げ込みました。其中《そのうち》に魚河岸は橋際の処から燃え出した様で、見る間に火の海になりました。それと一緒に村井銀行の近所まで火が来ると、もう船の上は居られぬ程熱くなって、其上に莚の様な火の粉がバタバタ落ちて、見る間に川一パイの船火事がはじまりました。私は船の一番向うの端に居ましたが、皆ズルズルと船べりから水の中に沈みました。私もあとから水に這入って、船べりに掴まって頭丈け水にひたすと、今度は手の甲がヒリヒリします。仕方なしに手まで水に入れて居ると、息が苦しくなって顔を挙げました。一度目に顔を挙げた時に、風の強いのに驚きました。それから、すぐ近所の船の上に女が三人抱き合って倒れて居るのが見えました。もう死んで居たのでしょう。二度目に顔を挙げた時には、熱い火気で息が出来ない位でした。私はもう死んだかと思いました。それから、浅い川の底の泥を深い方へ潜り潜り、夢中で川下へ逃げました。二三丁程逃げると、泥の中で足が折れる位痛くなりました。漸く息が楽になりましたから、其処に浮いて居た材木に寄りかかってジッとして居りました。眼の前に死体がいくつも浮いて居た様でしたが、何ともありませんでした。今でも恐ろしいとも何とも思いませせぬ。只不思議な夢の様な気がするばかりです」

と、自動車や馬車の音が轟々と往来する日本橋の上に、しゃがれた静かな声で語った。其中に云うに云われぬ真実の響があった。些しの誇張も無く粉飾も無い。夢ともうつつともつかぬ、有りのままの静けさと心細さを含んで居た。聴いて居る人は、其人足の汚れたシャツと、茶色のパナマ帽と、浅黄色になった腹かけの背中の十文字とを見まわしながら、それらの汚さに無限の敬意を払うかの如くに一心に聴いて居た。羅馬《ローマ》の石の洞穴《ほらあな》に基督《キリスト》昇天の実見談を物語る使徒彼得《ペテロ》の言葉も、かほどの寂しさと素朴さは持って居なかったであろう。

「オイオイ、其処にそんなに固まっちゃいかん。自動車に轢かれるじゃ無いか」

と、何処からか巡査が三人出て来て怒鳴った。皆、腕に緑色の筋の這入った布を捲いて居る。人々は皆、夢からさめた様に散り散りになった。

（「九州日報」大正一二年一〇月五日）

或る舞踏場・素描

新居　格

わたしを各所のダンスホールへ連れて行ってダンスのことを詳しく説明してくれたのは長谷川文人君である。玉置直吉君とも十年来の知合いであるが、同君は社交ダンスの本は二冊も著わしているし飯田町の舞踏場で先生をしている。玉置君は音楽の素養も豊かであるし、ダンスの理論もしっかりしている。わたしがダンスのことを質すのは右の二君である。

わたしは「ダンスは国際語である」と考えている。国際的融解が日増しに盛んになって来る今日ダンスのステップ位は野球や庭球のルールと共に知っていなければならぬと思っている。白髪や禿頭の老外人が愉快に踊っているのを見ると、日本の老人連も踊るがいいといつも考える一人である。そうは云うもののわたし自身に踊れない。踊りたくはあるが、稽古をする暇がない。踊れないわたしの舞踏場のスケッチは十分であり得ないのは遺憾である。

或日の午後、街で長谷川君に逢って、一緒に玉置さんと飯田町舞踏場へ訪ずれた。そこは良家の所謂紳士淑女が、稽古に行っているとのことである。品のいい舞踏場でわたしの行った時には、丁度相当の年配の人々が、三人玉置さんにステップを踏むことを、教えてもらっていた。三人が一列に並んで一緒にやっていた。玉置さんは上着を脱いで熱心に教えていた。ちょっと愉快な情景である。

バーナード・ショーがあの老齢で健康のためにダンスを始めたときいたが、さすがはと思った。ダンスであろうが、逆立ちであろうが、出来ることで他人の迷惑にならない限り、わたしは健康のために何でもを元気よくやってのける気でいる。僕が将来ダンスを始めたからって人々！　笑わないでくれ。あらゆる隠居じみた納まり方に反逆してわたしは事苟くも健康に資し、若々しい元気を喚び起すに足る何でもは片っぱしから決行するつもりである。ブランコでも、水泳のお稽古でも、汗を出すに足る運動は何でもやる積りである。わたしがダンスをやるとすればそれは社交ではない、専ら運動のつもりだから、わたしのダンスがよし体操の如くであってもそれで結構なので、わたしは精々小学生のように何でもないことに興じたいのである。東京新風景の一つとしてのダンス・ホールをスケッチすることを忘れてとんだ気焔をあげたのをお許し下さい。

現在ある東京のダンス・ホールは、わたしの知っている限りに於いては赤坂の溜池会館の三階にあるフロリダ・ダンスホールがホールそのものでは一番立派である。そこの音楽はジョーのハワイアン・セレナーデで、そのうちピアノーフランシス・キニー、アルト・ザックス並にバンドリーダアー――ジョセフ・カルヴァルホ、テナ・ザックス――ウイリアム・トムプソン、スチール・ギタア並にバンジョー――ジョージ・アラワ、ドラム並にグラマフォン――モーンゼス・カネ、及びジョン・ハルポットルその他である。

風のない初冬の晴夜――円るい月が空にあれば、空の大気は薄藍色を含んで素敵に綺麗であった。銀座裏のバー・ルパンでオー・ソテルンを一、二杯引かけて軽い興奮を求め、バスで溜池まで向ったものだ。フロリダを誰に訊いて探がすまでもなく、堂々たる建築物があってそこの三階は明るくそれにジャズの楽音がそこから街頭にひゞいて来てたのですぐ見当はついた。わたしはその建物に近づき横の路地をくるりと廻わると直ちに入口を見出した。で、わたしは階段をのぼって二階に行く。そこで外套、帽子、ステッキ、携帯していた本を預け、靴を磨かせて三階へ行ったが先ず驚いた。ホールの外廓にも椅子、テーブルを置いてある。紅茶、コーヒの類をのみタバコをふかして休息するところらしい。ホールの中の椅子には空席のない位一杯である。えらいものだと感心した。そしてこの位広いホールは上海にもなかったことを思い出した。復興東京のもつ一つのダンス・ホールであると思った。それからわたしはホールの広さを目分量で測り初めた。十二間に十間はたしかにある。或はそれよりも遥かに広いのかも知れないが十二間と十間にしても百二十坪の広さではないかと思った。次ぎにダンサーを数えてみた。五十人以下では断じてなかった。彼女等がわたしの見ていた所から右手の窓際と正面オーケストラバンドの左手とに並んでいた。彼女等を計算することは容易ではない。彼等は絶えず動くし、踊りが終って彼女等の席へつくと間もなく次ぎの音楽が彼女等を立つべく促がすからである。

大勢の組が踊っている。全く賑やかである。わたしの見ていたときには外人も数名以上踊っていた。踊っている過半数は青年であった。老人と云うほどの年配のものは見当らなかったが、中年者は決して少くはなかった。女の人も幾人かは踊りに行っていた。ダンサーは洋装と和服。赤、黄橙色、牡丹色、青、紫、黒、その他概して派手な上着を着ている。和服の彼女達も、華やかな模様の着物である。若い和服のダンサーの中にはお正月の着附のようなのがあった。そうした彼女等がそれぞれのパートナーと入り乱れつつ踊っているのであるから相応綺麗である。公平に判断して彼女等は概して美貌である上に、踊っていると一層美わしく見うけられるものである。わたしは小一時間見ていた。踊れなくも見ているだけでいゝわたしである。踊れたらさらに愉快でもあろうし。またほんとうに舞踏場のことが面白く書けるでもあろうと思った。

フロリダのホールは広いには広いがホールそのもののもつ感じは若干散文的であった。周囲の照明を隠しているのはいいが、光線の照射が白ら白らして味がなさ過ぎる。もっと柔らかな光線、例えば薄バラ色――であった方がよさそうに思ったが、それは或は厳格なその筋での禁止事項かも知れないとも思い返した。何れにしてもこれまでにない大きなホールであることには間違いはない。

わたしは現在の東京とその郊外に何ケ所の舞踏場があるのか知らない。それにわたしはダンスホールを好んで話しはするものの実はあまり見物にも行かないのである。正直に云うが渋谷の喜楽館と新宿の国華とに一回ずつ、人形町のユニオンに二回ほど日米信託ビルの階上に二回ほど、それに最近フロリダと玉置さんとこへ一度ずつそれ丈である。その外へはまだ行ったことはないし、それにボンヤリ見ていたとてあまり面白いのでもないからである。たれか外人のダンサーを数十名あつめてダンスホールを開かないかなあと思っている。復興東京が完成し行くにつれてまだまだダンス・ホールは増設されていいもののようにわたしに思われるのである。

（「文学時代」昭和五年新年特大号）

統計から覗いた暗黒街

下村千秋

大東京に於ける
（昭和三年十二月末現在）
芸妓の数……　一万四百四十人
公娼の数……　六千百三十九人
私娼の数……　二千人
計……一万八千五百七十九人

以上は公然と、或は半公然と男の性享楽の対照となるもの、しかし大東京に於けるこの種の女は、これでは止らない。即ち、

A、カフェーの女給
B、ダンサー
C、日本料理の酌婦
D、高等内侍

E、街娼

(以上凡ての一部を意味す)

但し、これ等の数を正確に調査したものはない。で、これは概算で行って、

その総計……一万三千人

これと、前の芸妓、公娼、私娼とを加えると、

合計……三万一千五百七十九人

さて大東京に於ける男の数を約二百万人と見れば、この種の女は、男六十人に対して一人という割合となる。が、二百万の男のうち、二十歳未満と、五十歳以上の男とを、この種の女を対照として性の享楽をなすことは、或いは不適当、或いはあまり興味なきものとすれば、即ち言いかえれば、二十歳以上、五十歳までの男が最もこの種の女を対照として享楽するに適当であり興味あるものとすれば、その数は五十万となる。この五十万を、右の女達に割り当てて見れば、

男十六人……女一人

然し尚お、この五十万の男のうち、約三割は、道徳堅固、趣味高尚にして、或いはまた生活に余裕なくして、これ等の女に近づかないものと見ていい。すると残りが三十五万人となる。これを、右の女に割り当てて見ると、

男十一人……女一人

で、これ等の男が、毎日その種の女に接するとすれば、彼女達は一日平均十一人の客を取ることとなる。もし男が一日隔きに接するとすれば、彼女達の一日平均が五人と五分、二日隔きに接するとすれば、彼女達の一日平均は、三人と七分弱、三日隔きとすれば二人と七分強となる。

ところで、公娼一日平均の男の数は二人と一分四厘となっている、私娼のは約三人となっているから、この平均が二人と六分弱である。即ち彼女達は、一日平均二人と六分弱の割合で男を吸引することに依って、現在に見る如き生活をつづけているのである。この割合は、男が三日隔きにこの種の女に接した割合、二人と七分強とほぼ符合している。

そこで、最後に動かすべからざる実証があがるのである。即ち、大東京に住む男にして、二十歳以上、五十歳以下の男の約七割迄は三日隔きに一度、言いかえれば、四日に一度は、芸妓か公娼か、或いはカフェーの女給か、ダンサーか、日本料理の酌婦か、高等内侍か、街娼か、この内のどれかに必ず身を以て接しているのである。

「近頃不景気で」とか「この節忙がしくって」とか「もうまるで興味がないよ」とか言って、てんとしている二十歳以上五十歳以下の男があるとすれば、それはあまりいけ図々しく、それをそのまま信ずるものはよっぽど頓馬である、と以上の統計は物語るのである。

以上は、所謂暗黒街のみの統計ではない。何故ならば、芸妓や公娼やカフェーの女給やダンサーや日本料理屋の酌婦の住む世界は、暗黒街ではない筈であるから。で、次に所謂暗黒街の女に就ての或る統計を示して見る。

亀戸、玉の井に住む私娼二千人のうち、六百五十三人の前身、即ち、彼女達は何処から転落して来たかを調査したものを見ると、

二百二十五人（三割四分五厘）カフェー、日本料理、そばや、牛鳥屋、めしや等より転落したもの。

一一一人（一割七分）農家の娘
一〇二人（一割五分五厘）女工
八三人（一割二分七厘）田舎茶屋の達磨
四五人（六分九厘）無職
一六人（二分五厘）芸妓
一六人（二分五厘）待合女中
一三人（二分）宿屋の女中
九人（一分四厘）公娼

その他、映画館の案内、看護婦、事務員、女優、遊芸人、妾等々。

合計六百五十三人

これで見ると、暗黒街の女でない筈の芸妓、公娼、カフェーの女給、日本料理の酌婦等の女がこの暗黒街の中に可なりの数を占めている。青楼、紅灯の巷、歓楽境などと呼ばれている所も、実はこの暗黒街の入口なのである。でなければ、この両者には大きなトンネルが通じていて、絶えず、明るい方から暗い方へ流されている女があるのだ。

ここで最も注目しなければならぬものは、この暗黒街の中に、農家の娘と女工の多いことである。即ち、全体の三割二分五厘をこの両者が占めていることである。農家の娘がこの世界に入る原因は言うまでもなく貧乏である。その貧乏の主なる原因は、肥料代と税金の支払いに追われるためである。毎年、年の暮れが近づくと、この世界に流れ込んで来る多くの百姓の娘の告白がそれを証明している。女工がこの世界に入る原因は、貧乏と同時に、工場に於ける酷使である。朝から夜まで日の目も見ずにこき使われる苦しさから逃れるためである。

で、これ等、この暗黒街に陥ちて来た原因を、二百五十人に就て調査したものを見ると、この内の二百二十七人、即ち全体の九割強までは、親、兄弟、子供、良人、或いは自分自身の飢えを救うため、ということが明らかになっている。

その飢えを救うために、彼女達は、どれほどの金額で身を売っているか。彼女等四百十五人に就ての調査を見ると、

百円未満……　七一人
百円以上……　一四三人
二百円以上……　一一一人
三百円以上……　五九人
四百円以上……　二五人
五百円以上……　四人

これを一人当りの平均にすると約二百円となる。これは或る小説家が、一枚十五円の稿料を取るとすれば、約十三枚分である。この小説家が一時間に五枚書くとすれば、約二時間半の手間に当る。

この小説家の二時間半の手間賃に相当する金のために一身を売り、その金を消却するために、彼女等は、どれほどの労働と歳月を費すか。

これを一ケ月稼いで四十五円、二百円を稼ぎ貯めるには四ケ月と十五日間ぶっ通しに労働せねばならない。

（「文学時代」昭和五年新年特大号）

噴水のほとりで——

堀　辰雄

私達は水族館を出ると、観音堂の裏をすこしばかり歩いた。大きな樹があった。噴水があった。鳩が不器用に飛んでいた。五月の夕暮だった。

「乞食って、君、……」

突然、あちらこちらのベンチの上に落葉のようにころがっている乞食の群を見ると、私の友人が私に言った。

「……とてもハイカラじゃないか。あの乞食を見たまえ。巴里でも、ベルリンでも、すこしもこれと異はないぜ」

東京にだって近頃はこんなに面白いものがあるんだぞ、是非見てみたまえ、とむりやりに洋行帰りの友人を連れてきた、水族館のカジノ・フォリイも、ただ彼を苦笑させただけだった。なんて気むずかしいんだろうと、私はそういう彼にすこし反感をさえ感じた位だったが、その彼が公園に巣喰っている乞食達を一目見ると、彼等がすっかり気に入ってしまったのである。

「あれは、君、銀座なんかのハイカラ紳士よりずっとハイカラだぜ」と彼は付加えた。

それは友人の単なる冗談ではなさそうだった。そこで私はいまさらのようにその乞食達を見つめた。なるほど彼等をよく見ているとそこに一種のへんな美しさが漂っているように思われる。汚なさがその極度に達して、一種の変態的な美しさに転化してしまっているのだろうか。黒光りのしている顔。トカゲでも這っていそうなモジャモジャした毛髪。――そして彼等は一人一人、一個のベンチを占領して、多くはその上にあおむけになって、まるで死んだように眠っていた。中には、何かの木の枝でこしらえた義足を虚空に突き立てているものさえあった。それから思わず眼をそらそうとするのを我慢して、じっと見つめていると、はじめてその美しさが分ってくるのだ。

「なかなかいいね。……何か傑作という感じがしないか?」

「うん、たしかに傑作だよ」

「あのピカソの絵のようなものだな」

私達は、噴水のまわりの、一つのベンチの上に腰を下した。私達の前には、その上に、他のベンチの上のように、乞食の一人が眠っていたかも知れないのだが、そんなことを気にするには、私達はあまりに乞食らに対して親愛の情を持ちすぎていた。

それらの眠っている乞食らの上には、鳩が飛んでいた。鳩の羽音というものは、実にいいものである。それは非常に重々しくて、それに耳を傾けていると、むしろ神々しくさえなってくる。それにしても、鳩はなんと不器用にしか飛べないのだろう。

「鳩のようにならば誰にでも飛べそうだな」私はひとりごとを言う。

それから私は、まだ鳩よりも乞食の方に心を奪われているらしい私の友人に、私のよく見る一人の乞食について語り出した。その乞食はいつも仁王門の下に坐っていた。そして彼はかならず、ほんとうの娘なのであろう、七つ位の、乞食の子にしては綺麗な顔をしそしていつも垢のつかない着物をきている、女の子を連れていた。乞食の子にしてはあんまり綺麗にしているので、私はその女の子をよく覚えていた。すると私の友人は「それは乞食の中の凡作じゃないか」といって私を揶揄した。

ところが、四五日前のことである。朝早く、——それは六時頃だった——、私がこの噴水のそばを通りかかったとき、私は実に思いがけない光景を目撃したのであった。というのは、その乞食が、大きな噴水盤のへりに、素裸かにした痩せた女の子を立たせて、その噴水の水でもってその身体を丁寧に洗ってやっていたのである。……

「ほう、この噴水の水でね」

友人は、やや感動したように、多くの木の葉を浮べている、大きな噴水盤を、眺めた。


（「文藝春秋・臨時増刊オール讀物号」昭和五年七月）

丸ノ内

尾崎士郎

朝。

東京駅から吐《は》き出された群集（――といっても、この群集にはモッブ性《せい》はない。彼等《かれら》は近代《きんだい》資本主義《しほんしゅぎ》によって編成《へんせい》されたサラリーマン軍隊《ぐんたい》である！）――の波が広場に向《むか》って殺到すると、その半《なかば》は、大きく口をあけた「丸ビル」に呑《の》まれ、その半《なかば》は飛沫《ひまつ》となって左右に散《ち》ってゆく。

僕は、ある朝の一時間、丸ビルの四階から、次々におしよせてくる群集の波を眺《なが》めていたことがある。このときほど、僕は一つの方向に統一されている群集を感じたことはない。この波の列の中においてはおよそかすかな喜怒哀楽《きどあいらく》を識別する余裕もないほどに、個人個人の意志と感情が群集の性格の中《うち》に統一されているのだ。

これは一つの軍隊である。人生の戦場に向《むか》って、資本主義の吹《ふ》き鳴らすラッパの下《もと》に、彼等《かれら》の足並《あしなみ》のいかに正《ただ》しく整《ととの》っているかを見《み》よ！

「丸の内」にはロマンチシズムはない。たとえば恋の丸ビルが詩人の口の端《は》に上《のぼ》ろうとも、靴みがきの親爺《おやじ》が売春《ばいしゅん》のなかだちをしようとも「現実」で鍛えあげた丸ノ内の性格は微動だにもするものではない。

春の夕ぐれ。――僕は一人《ひとり》で仲通《なかどおり》をあるいていると「みのわゆき」の電車線路《でんしゃせんろ》にそった四つ角《かど》の自働電話《じどうでんわ》の中《なか》で、横顔の美しい一人《ひとり》の女が、苛立《いらだ》たしそうにベルを鳴らしているのを見《み》た。

僕はその前を何《なん》べんとなく往《ゆ》ったり来《き》たりした。

やがて電話が通《つう》じたらしく女は二たこと三ことしゃべっていたが、がちゃりと受話器をかけると、そのまま袖《そで》で顔を掩《おお》ってしまった。

そのへんのビルディングにかよっているタイピストか、それでなければ女事務員なのであろう。

だが、この女も、次の朝、東京駅から吐《は》き出《だ》されてくる波の中では前の夜の悲劇《ひげき》を忘《わす》れてしまうのだ。

濠《ほり》ばたへ出《で》ると、昔ながらの石垣の松がくねった影を水の上に落《おと》している。

三菱《びし》ケ原《はら》が近代文化《きんだいぶんか》のメーンストリートに構成されてから何年になるであろうか。

ビルディングの街、会社の街、新聞社の街、――丸ノ内はメカニズムの健康にみちみちている。

ペーブメントから眼《め》をあげると、春の空高く晴れて、新聞社の五層楼《そうろう》から放たれる伝書《でんしょ》鳩《ばと》のむれが、——ああ、彼等《かれら》もまた資本主義文化《しほんしゅぎぶんか》のために一役《やく》を果《はた》すべく編成されて、——遠く都会の上空にとび去《さ》った。

丸ノ内には悲劇もなければ喜劇もない。

夜《よ》が更《ふ》けて、ビルディング街《がい》が、兵営《へいえい》のように静まりかえったとき、自動車の窓から、僕は白灯《はくとう》の下をあるいてゆく若い男女の幾組《いくくみ》かを見《み》たことがある。

だが、それさえも、規則正《きそくただ》しく動《うご》いているこのメカニズムの街《まち》だけには何の色彩を添《そ》えるものでもなかった。

（「文学時代」昭和六年五月号）

映画街

武田麟太郎

いつの間《ま》にか噂は伝わる。――「ね、お神《かみ》さん、今夜、帝国館《ていこくかん》で有憂華《うゆうげ》の撮影があるんですって」「へ、そうかい」と、すし屋のお神《かみ》さんは、金銭出納器《きんせんすいとうき》をガッチャン、チンとならしながら、

「毎度ありがとう――二十銭のお返し」と客に笑顔を売《う》って、さも大《たい》へんだと云《い》った顔《かお》している年期奉公《ねんきぼうこう》の女の子の言葉をとりあげぬ。そして夜は更《ふ》ける。「本当か知《し》ら」「本当か知《し》ら」――尻《しり》からげして赤い脚出《あしだ》して、店の掃除《そうじ》で、水をざあざあ流しながら、少女たちは喋《しゃべ》舌りあう。

夜《よ》が更《ふ》ける。六区《く》の通りは時々下駄《ときどきげた》の歯音《はおと》。浮浪者《ふろうしゃ》が常設館《じょうせつかん》の明るい飾り窓に、そのガラスに顔をくっつけて、女優さんの媚《こび》を眺《なが》めてる。帝国館《ていこくかん》の表扉《おもてとびら》は堅い。横の入口に、群集が首をつき出《だ》し、首が人の肩の上で重《かさ》なりあってる。「入《はい》れんぞ」と云《い》った顔の老人が、ガラス戸《ど》のハンドルをしっかり握《にぎ》ってる。すしやの少女たちが、わあわあ云《い》いながら来《く》る。「おじさん入《い》れてよ、うつしてんの、見《み》せてよ、ね」。そして、やかましい彼女たち

は、顔見知りの老人にせびって、一人《ひとり》ずつの身体《からだ》が入《はい》れるだけ細くガラス戸《ど》を開《ひら》かせて、中《なか》に辷《すべ》り込《こ》む。そして、驚《おどろ》くのである。何故《なぜ》って、小屋の中の席はエキストラで一杯《ぱい》につまってる。それが、深夜の一時だと云《い》うのに、やかましく雑談《ざつだん》してる。舞台には無数のライトが置かれて、係《かかり》の人《ひと》たちがうろうろしてるし——「役者はどこにいるの、まだ来ないの」。大《たい》へんな騒《さわ》ぎ。

エキストラに弁当がくばられる。そのうち、ライトが一斉《せい》に輝きはじめる。「さあ、皆さんは芝居《しばい》の見物衆《けんぶつしゅう》のつもりで、熱心《ねっしん》に舞台を見《み》ていて下さあい。相図《あいず》をしたら、拍手して下さあい」。

クランクが廻《まわ》る。「はい、拍手！」

人形のようにみんな手を叩《たた》く。わけない。

「そこでです」。映画常設館《じょうせつかん》の主任《しゅにん》らしいのが二人《ふたり》で話してる。「こう、フィルムの廻転《かいてん》数《すう》や、度数《どすう》をやかましく云《い》われるとね、この不景気にですよ、役人も気《き》がききません」「薬はダメですか」「何ですか、職を賭《と》してもと、府会議員《ふかいぎいん》と意地のはりあいらしいですね。おかげで、音楽部の方が争議《そうぎ》をはじめる——」「何《なん》だか、六区中《くじゅう》ビラが張《は》ってありましたね」「いや、あの大衆党《たいしゅうとう》と云《い》う方《ほう》ですか、あの方《ほう》の人たちとは、逢《あ》ってよく話しましたがね、私の誠意を認めてくれるんだが、何《なん》せ、音楽部の連中がなかなか結束が固《かた》くって——

それに他の館にもうつりそうでね」「ぶちこわしを頼めばいいじゃないですか」「一人二人《ひとりふたり》ひっこぬいても、どうも他《た》の従業員《じゅうぎょういん》とちがって、音楽部は団体的《だんたいてき》な一致《ち》した仕事の性質《せいしつ》上《じょう》、団結しはじめると、ちょっとね」。

すし屋《や》の少女《しょうじょ》たちは眠《ねむ》くなって眼《め》がショボショボしはじめたので、あすの朝のことや、お神《かみ》さんのこわい顔《かお》を思《おも》い出《だ》して——「帰《かえ》りましょうよ」。

表へ出ると、稽古《けいこ》帰りのレビューの踊《おど》り子《こ》を警官が退屈《たいくつ》してからかっている。同じ六区《く》に働《はたら》いていながら、他《た》の館《かん》の映画《えいが》を見《み》たことない彼女たちは、一軒《けん》々、スチルを覗《のぞ》き込《こ》んでは、「あら、いいわね」と叫《さけ》んでいる。寂《さび》しい映画街。池の水に星。だが、夜があければ最後《さいご》、群集《ぐんしゅう》と埃《ほこり》と喧騒《けんそう》と色彩《しきさい》とが勝利《しょうり》をしめる。

（「文学時代」昭和六年五月号）

享楽百貨店

吉行エイスケ

ちかごろ、日比谷界隈に流行する奇妙な話しに就いて。

と、云うのは、政界だとか、財界に同性愛に似た現象がさかんに生じつつあると云うのだ。それについて、こんな変なうわさがある。

銀座裏の酒場《バー》に緋縮緬《ちりめん》の長袖をきた女装の男が出現する、それが島田のかつらをつけた男で、ある男色の青年はその中の一人の蔭間に夢中になって、――あんた、僕、好いてくれるか? するとその一人が――ぼく、あんた好きなの。今夜、あんた、ぼく、愛してよ。

そのまま、新橋にある彼等の巣窟に連れこまれて、不思議な夢を見たそうだ。

また、有楽町にある政客相手の宿舎の女将は、頭は意気な若衆刈りで、にやりにやりほくそ笑んで帳場へおさまっているが、男かと思うと、粉白粉のうす化粧で客に細い指をくの字型について挨拶するさまから、雇い女たちに、かれこれとヒステリーもちらしい小言を聞いてるうちに、まさしく女だと思うのだが、
ところが、よくよく彼女を見ていると、うす化粧の下に青髭が粗々しく生えていて、ど

うやら、男であるらしい。

　どこの魅力が人をひきつけるのだろう。有名な代議士たちで、政治季節に田舎から出京すると、ここを定宿とする、この女の名前はお角と云うのだが、警視庁刑事の手帳にはブラック・リストの一人として登場している。いつか、女ものの長襦袢であぐらの円座をつくって手なぐさみの最中をふみこまれて、

　——あら、妾、いやだわ。と、艶めかしく袖で、赤く塗った唇をおさえたが、あとで口髭のあるのに係のものが気がついたそうな。

　このお角さんに好かれるのは、大抵は政界の猛者《もさ》だと云われる武骨な代議士で、滞京中の女房仕事は、何不自由なく、身の辺りからわずかの小遣銭にいたるまで一切合切お角さんがしてくれる。絹布の座ぶとんの上でつんとおさまっていれば、骨身にしみるお角さんの心意気だ。

　かたわらに、脂粉の香もして、夜になればお角さんが寝床へやってくるだろう。

　しかし実のところ、流行の同性愛の主人公が銀座裏にあらわれる、女装の男でもなければ、お角さんの、かのエロチシズムでもないのだ。

　同性愛と云ったところで、外見には色気のない政界、財界のこと、さしづめ不景気余話とでも云った方が適切かもしれぬ。むかしから代議士は黄白を棄てて人民に選ばれたもの、

政党は階級の利害を代表して存在するもの、云わば現今の代議士は財界から金力を借りて議政にあらわれたもの、ひいて政党は財閥を代表して、資本主義的為政をするための権力の行使力をもったもの、こうした見方が正しいであろう。

するど代議士と財人は兄弟にもひとしい密接さをもって結ばれている。仲好しになったところで何が同性愛だ、と、云うことになるが、現政府の旧平価による金解禁後、通貨流出防止のための緊縮政策によって、当然不景気は来る。――繁栄資本主義機構に緊縮政策なんかして、まるで旧式資本主義政策の徴《あらわ》れだ。われわれは絶え間なく資本の循環によって最新の調度をととのえたいと、反対党がさけんでいる。

その緊縮政策によって東京市は、殿堂も、巨大なビルデングも、豪奢な建物のなかの会社も、華麗な百貨店も、この断食政策の強行のために不景気風にあてられて四苦八苦だ。百貨店の蠟人形に飾られた近代衣裳も、人絹の暴落と、仕立師の賃銀引下げで、昨年の三割安にもかかわらず、商品は売れない。満艦飾にされた飾窓《ショウ・ウィンド》の貴金属も、そのまま、某銀行の抵当になっている。その隣の洋品店は昨年末から、経営者が三人目でやっと維持されている。

マネキン・ボーイが出現した。然し縁起でもない、最初にそれを雇った商店は昨日破産を宣告された。ステッキ・ガールと世間からひやかされた、銀座娘がたまに出会った色男の財布は空なので喫茶店の客が半減した。ストリート・ガールも閑古鳥は鳴かしたくないので街上往来をするまには、ぽん引相手に浅草落としゃれなくてはなるまい。

　世間はまったく不景気だ。だから、代議士の懐工合もよくあろう筈がないではないか。そこで彼等は、いままでよりもより親密に財界人とつきあいを始めるのが当今なら、不景気で儲からない、なにか政府に好いたらしい政策を実行してもらいたい。何かうまい利権にありつきたい、と云うので一層政界人と親密に財界の人間がなろうとするのも当今だ。

　こんな、前おきをしてこの一篇のまんだらの幕を切って落せば、さしづめ邪の道は蛇あり、都会万華鏡にうつるものは何ぞ！　と、いうのが作者の考え――。

◇

　××省の政務次官の松下新太郎は、高輪の別宅で朝の陽光を見て眼ざめた。散らばった部屋の夜の快技が女もちの雨傘のように、彼の眼前でひらいた。

　松下はそこで、今夜の息子の結婚披露式のことについて考えていた。

　松下は彼の悪徳によって、ともすれば熱狂的な彼の政治的人気が、尻尾を出そうとするのだが、持前のすごい切れ味で、彼に云わすと、腹芸で、ぐんぐん手段のためにはなんでもやってのけたのだ。

　議会演説で嗄がれた彼の寝起きの咳ばらいをききつけて、隣室から靴の踵の音がして、世間には秘密で妾にしている独逸《ドイツ》土産のルイザが、いままで浴室で水に戯れていたらしく緑色にところどころなった皮膚をバス・タオルにつつんでやってくると、

「――ねえ、松下。おめざめになったらお話したいと思って妾、すっかり決心していたんです」

伯林《ベルリン》滞在中、松下一流の女蕩《おんなた》らしの東洋風の手管にまんまとたらすと、得意満面滞欧中の情婦にしてつれあるいていたが、ついには政治家らしい人情にほだされたルイザがはるばる、別れがたくなっていまも彼の側女《そばめ》となっている。

松下は寝床から起きあがると、咽喉薬を片手にぶらさげて、ナイト・ドレスのまま部屋をスリッパでぶらぶら廻りながら、
芝居気のある妙に沈痛な声を出した。

「――ルイザ、わかってるよ」

「――妾、まだなにも云いません」と、云いながら拗《す》ねたように寝床のうえに横たわって、片肱ついた彼女のかたわらで、松下は漆黒な東洋政治家らしい鬚をひねりながら、
ルイザに×××るようにして接吻した。

「――わが輩はあんたがいとおしいのじゃ。はるばる異郷にやってきてかたる友もなく淋しいだろうと思うのだ。ルイザ、しかしあんたはわが輩がいつも赤誠をこめてあんたを愛

していることを知ってもらいたい」

　すると、ルイザはゲルマン人特有の氈光色の下唇を陽気にひらいて、

「――マツシタ、今夜のレシェプシオンに妾、招待してください」

　だが、それにたいして彼は頑固に頭を横にふった。

「――不可《いか》ん！　あんたがわが輩を苦しめる。わが輩たちの真実の愛がそれを承服しかねる。あんたはわが輩の名誉、地位、権力、きたるべき未来の権勢にたいする野心を擁護する情愛のインクラネェションだ」

　突然、ルイザが悲しそうに声を震わせて云った。

「――マツシタ、あなたは、妾を愛していません」

　ルイザの涙の中で政治家は当惑してズボンを穿いた。


　議会では多数党政治にかかわらず、政府の経済政策の糸価補償案等の産業資本家への利益奉仕、中小農商工の金融緩和の名目論等によって失業対策の不備、労働組合法案に示した資本家的政策等によって政府のあらわした馬脚が民衆の信望を次第に失墜した。

　同じ資本家党である反対党の一議員は、この経済界にたいする不況の機会を、決議案にたずさえて、政府の経済政策を難詰していた。

——政府は金解禁において、と、もと商工関係の役人をしていた反対党代議士が演説を始めた。

——旧平価による即時解禁をなしたのである。その方法は一九二五年における英国政府のなした旧平価における解禁となんら選ぶところがないのである。

政府当事者は、英国が旧平価における金解禁によってカワセ暴騰による貿易の大打撃を蒙り、物価の急落によって労働賃銀引下げ政策のために、同年のあの有名なる炭坑大ストライキの勃発したのをご存知か、しかもわが国においても、これと同じ状勢を刻々に引起しつつあることは遺憾なことと云わねばならぬ。しかも給料を引下げんとして官吏減俸問題まで惹起した政府の責任は、云云《うんぬん》。

これにたいして、政府委員席にあった政務次官の松下が大臣に代って、政府の緊縮政策について一席弁じた。

ふたたび、反対党一議員が起立して演説を始めた。

——今日は機械産業、大量生産の時代である。消費を節約して世の中の景気恢復をはかるなどとはたわけた政治ではないか。×党議員の全ては大馬鹿三太郎と思わねばならぬ。

政府党の演説妨害があって、しばらく弁舌が中止された。議長が壇上から鳴らす亜鈴の響きが人人を冷静にした。

ふたたび荘重な調子で演説が政府党の議席にむかって落下してきた。

——数による満足は質を向上さすのである。例えばフォードの使用者は、シボレーを欲すし、シボレーの使用者はクライースラーを欲する。量の満足するとき質の向上にたいする欲望によって産業は刻々発展して行くのだ。

善政の政治とは国民の欲望を量によって満足をはかった後、質的に向上さす政治でなくてはならぬ。消費の節約にあらず消費の充実である。しかるに、政府のなすところの節約とはまったく社会進化の定理に反する政策である。不景気促進策と云わなければならぬ。

演説が終って卓子をたたいて議員が降壇すると、野党からの喚声があら波のように政務次官の松下の席に押し寄せてきた。


政務次官の松下新太郎の息子の松下幸太郎は、銀座の資生堂ギャラリーで開催されている某女史製品、人形展覧会に、情婦である映画女優、松井啓子の似顔人形を数多く出品させて、彼女の人気をあおる考えだ。

幸太郎は資生堂の花園で花束を買って、ゴルフ・パンツに赤エナメルの靴をはいて二階の会場にやってくると、フランス縮緬で華美につくられた彼女の絵人形に、売約の赤札をすっかりはらしてしまった。

そのまま街路に飛出すと、銀座の舗道を商店の緑色の化粧煉瓦《れんが》からいまにも啓子がでてくるようにあわただしく、新橋に向って歩きだした。正午、新橋の大時計の下、一名、愛の時計の下で彼女と逢曳《あいびき》する約束なのだ。突然、ある衣裳店からオルゴールが鳴りだした。どうかしたのではないか。なに——マネキンがこれから商品窓《ショウウィンド》に一九三〇年型の結婚衣裳をつけて出場するんだ。たちまち、黒山のような人間が蝟集《いしゅう》して幸太郎の眼前をふさいだ。

新橋へやってきたときは、正午に近かったが、京浜出入口にはまだ啓子は姿をあらわさなかった。彼はぶらぶらと掲示板の前にやってくると白墨の光沢に離反した人間の心を見た。

『何時何分まで、わたしのヨニ、おまえを待つリンガ』

『マツコさん、あなたの悲しみを見るに忍びず、僕はあなたに告げずにフランスに帰る。ポール』

『××先生、お待ちしていました。奥様によろしく、栄子』

等々、はにかんだような名句に幸太郎が熱中しているとき、彼のかたわらでは洋装の女がシガレットをふかしながら、ライト除けの色眼鏡を紫の煙でくもらせていた。

その意気な立姿は、いつか東都を沸かせた「恋の情炎」の女人公《ヒロイン》に扮した松井啓子の得意のポーズだ。ピアノのキーでもたたくような彼女の踵の警鐘に幸太郎はふりかえった。

「――ずいぶんお待ちになって、妾わるかったわ」

「――いや、さっきまで資生堂のギャラリーであなたにお目にかかっていたんです。ご挨拶申しますよ」

「――妾、実はもうお目にかかることはないかと思っていましたわ」

「――それについてお話ししたかったんです」

「――あら?――妾に!」

「――そうです」

そのまま自動車のクッションに二人はうもれると、幸太郎は運転手に山の手の支那ホテルへ命じた。

妙に啓子がはしゃいで、わざと沈鬱な顔をしてる幸太郎に彼女は楽器が截断したように美しい声をあびせかけた。

「――おめでとう!　幸太郎さん、あなたのご結婚をお祝いしてるんだわよ」

車が電車路で動揺したので、啓子は彼のからだに弾丸のような可愛いくるぶしをつきあてた。

幸太郎は浮雲のような、飛行館の建物を車窓からちらと眺めて、そのまま無表情で彼女に答えた。

「——それが、あなたの肱てつなんですか？」

「——ところが妾羨望にたえなくなって、すっかり腹を立てているんだわ」

ずるそうな彼女の上眼づかいから、幸太郎はひらりと体をかわすと、

「——そねんでください。啓子さん」

「——そねんでもかまわなくって？　だが、妾たちの交渉はこれからはどんな風になさるおつもり」

「——雨降って地かたまる。益々濃密になりたいもんですなあ、なにしろ、結婚なんか証書一枚、登記料、へん、幾何《いくばく》ぞやですよ」

赤い衣服から出た女の黄色い腕をとりながら、かれらはホテルの廻転扉に吸いこまれた。

突然、啓子が幸太郎に言った。

「——あら！　そう云えば、あなた証書づらしてるわよ」

支那ホテルの援床で啓子に別れて、幸太郎が結婚式場へやってくると、ホテルの噴水塔のかたわらから、ルイザがつかつかと彼のまえにあらわれると、そのまま彼はふたたびルイザの車の中に消えた。

「──今晩はお角さん……」

「──まあ、幸太郎さん。ルイザは？」

「──結婚式場へ行く途中で、ルイザが僕を誘惑したんだよ。あとからついてくるよ」

お角は幸太郎のうしろから、悲しみのために鼻をすすりながらついてきたルイザを抱き締めると、二人が泣きだした。

「──ねえ、ルイザ。あんた泣くんじゃないよ」

「──だって妾の心は──お角さん！　あなたしか知ってくれません」

「──だが、もう結婚する人だもの、貴方がいくら思っても今になって仕方がないじゃないの」

「──お角さん、この人は薄情です。だが、妾は悲しむんじゃないわ」

「──ああ、ルイザ！」

「──お角さん、これからはあなた、妾のダンナさんになってください」

ルイザが、赤と青の縞模様のセッターを脱いで、風をはらんだ半ズボンを粋にだぶつかせて呆然としている幸太郎のまえに立つと、咄嗟に彼の首を締めつけた。

角刈にして、ときには美しい若衆にも見えるお角は、何故か、着物の袖でそっと涙をふいた。

結婚式場では、政界、財界の名士が夫人、令嬢同伴で会場へつらなる螺旋の階段を昇ってやってきた。

会場では花聟、花嫁の紋章入の引幕のなかで、白い花弁につつまれるように人々は若い男女の未来の祝辞のなかにいた。日露戦争で勇名を轟かした松井老将軍が時代おくれの旧式な礼装に壁布の飾のように名誉徽章をぶらさげて、やってきたころは新鮮なものを楽しもうとする来会者で会場は満ちていた。

巴里留学当時から、情事にかけて敏腕の聞えた寺田老伯爵は一刻も早く新嫁を鑑賞したくてたまらず、たえず入口にむかってモノクルを穿めたり外したりしていた。そのためか、彼のつけている仮髪《かつら》が十年もかれを若返らしているのであった。

少壮政治家の永山氏が口角から泡をとばして最近の問題になっている友愛結婚について彼の意見を述べていた。外交官の向山氏がその反対的意見にたいして、強硬に反駁をこころみたために会場の一角は友愛結婚の討論場に変っていた。

政治家たちの話題は、ロンドンに開催されている軍縮問題についてであった。七割主張によってアメリカ海軍を日本海に迎えて勝利を得ることができるが、六割八分になった場合はわれわれは故国を明け渡さなくてはなるまい、と、云うのが人々の一致した意見であった。財界の人々は印度《インド》の関税差別条令にたいする国際資本戦における悲痛な話題によって占められていた。英国の金融資本のアジア市場におけるわが国にたいする強圧は、印度人民に課せられる箝口令にも似た経済政策とあいまってわが国の産業を支配した。対支商戦にたいする戦略として英国が銀塊暴落の因を印度貨幣制度の欠陥を利用して、わが国に挑戦したこと、マクドナルド労働党内閣にしては少々やり口がすごい。その筈だ、世界を支配するのは、すくなくとも英国の銀行団を背後にしたフィナンシャーたちによって自由にあやつられているのだ。だが、いつのまにかこうした社会的関心をもった議論が、女の話にかわっていた。

東洋電力社長、伊勢崎清平が夫人同伴で満堂の拍手をあびてあらわれた。前内閣時代、事業不振のために東都から退いた彼であったが、現内閣になると、彼の東都実業界に向っての躍進は異常な速度をもって人々を驚かした。現在では電力による東都席捲の新規事業を政府に出願している。

伊勢崎が娘の洋子を介して、政務次官で野心家の松下と結んだには多くのことが未来に約束された筈だ。

だが、そのころになって花聟の幸太郎は倉皇として会場にやってきた。快楽のあとの東洋人らしく黙々として、支度部屋にいた花嫁の洋子の腕をとると、結婚式の宴場にあらわれた。

音楽が結婚進行曲を吹奏した。花嫁の洋子はそのとき、こんなことを考えていた。（これでもしお互が結びつくなんて思っている人があったら、まあ、なんてあまちゃんでしょう。それに今夜は演芸場ではわたしの恋人の独唱会があるんだわ。あの男の音楽的な情緒からこんな馬鹿息子に移り住むなんてあの男の自尊心をきずつけやしないかとこれからが心配だわ。それに旅に出ればあの人に会うことができないけれど、まあラジオボールででもわたし当分なぐさめるからいい。）

しかし、その瞬間にすべてのものがマグネシュームのフラッシュのなかに見えなくなってしまった。

幸太郎と洋子とが新婚旅行に出発するまでは、一つの筋書が忠実にある目的のために運ばれたに過ぎなかった。

東洋電力社長の伊勢崎と政務次官の松下にとっては、酒間の前菜にもひとしい両人の結婚式が終了して、いまごろは京都の木屋町あたりのお茶屋で、新婚夫婦がさしむかいで鴨川の水に心をうつす、身も心もぬれたであろうころ、翌日の午後、木挽町の万安楼の離れ座敷で伊勢崎と松下は対坐していた。

伊勢崎はふと、料亭の皇水の水底を白蠟のような鯉が泳ぐのをみた。酒間の新富の年増芸妓が一で惚れ、二で愚痴る。この社会の千年万年かわらぬ女気質で、白魚のような指を酒杯に傾けた。

「――あら、ご両人とも妙に静まりかえって気がわるい。なんか、そら流行《はやり》のジャズでもやってみましょか」

「――ジャズとはよう云いおった。わしは知らん」

乾した杯を松下にさすと伊勢崎が云った。

「――そら、ジャズが流行ですからね。若い妓はダンスまでやらねばならん、だから舞踊のお師匠さんとこ行くと、青筋たててそんな西洋風な手さばきどこで覚えた、それで芸が立つとあんた思っているかとどなられる。そらダンス習いに行くとそんな柳腰じゃフラフラダンスした方がましだと冷かしてもらえる、時勢は可哀想なものだわ」

「――わ、は、は、は」と、松下は豪快にわらうと、急にあらたまって云いだした――。

「――伊勢崎さん、あんたの方の電力供給問題と新規事業について、だいたい成算がたちましたよ」

「――ははあ……」

芸妓や仲居が別室に退出すると、松下は伊勢崎との間に密談をはじめた。

「──それについて伊勢崎さん。あんたもご承知じゃが政府は表面はいまのところ新規の事業はできませんのじゃ。それで一つの方法があります」

「──すると……」

「──それは東京市をして新規事業をやらしますのじゃ」

「──なるほど……」

「──ところが市長はご存知でもあろうが堅造でなあ、われわれの言うことは聴きません。あんたも薄々はお察しじゃろが、そこでじゃ、いま××会に命じて追出し策をする同時に後任として、××さんを持ってくるところまで決定しました」

「──後任は××さん。あのご仁なら、ようものの分る人です。だが、松下さん。政府でなくとも時が時じゃ、新規事業は駄目じゃありませんか」

「──そんなところにぬかりがあるものですか」

「──ほほう……」

「──それ、失業問題救済策として市は云々、と、こうくるんですよ」

「──いよう、名案じゃ」

そこで政務次官の松下はぐっと杯を乾した。

「――新規事業は名目は市でやってこれをあんたに払い下げるだんどりじゃ」

「――そこでつつしんでおこぼれ戴きますわ」

松下の杯をうけ、伊勢崎はかるく点頭《おじぎ》した。

「――伊勢崎さん、軍資金はたんまりいただきますぞ」

「――いやあ、松下さん。わたしはあんたをきっと大臣にしないではおかぬつもりじゃ」

「――電力供給問題は市の内部に模様がえが終れば、一気にこれをやることになっていますぞ」

「――きっと、たのみましたよ」

こうして二人の会見が都会の逆光線の夕映をうけて終った。

「――なにしろ国家的事業じゃ」

「――もとより松下さん……」

「――そこでとりもちましょう……」

「――女か？」

「――ルイザでは足らぬと仰有《おっしゃ》る？」

「――承知か！」

「――もちろん、お角すらあんたにはぞっこんだそうな……」

「——これはたまらぬぞ」

「——わははは……」

好色な二人が、相好をくずしてわらいだした。松下は伊勢崎の赭ら顔に自分にたいする人徳をうけて満足し——商人は官吏から浮彫のような金銀の貿易風をうけて満足した。

そのとき、部屋の襖《ふすま》がさっとひらいて新富町の幇間《ほうかん》の十郎兵衛が、夜の紅い衣服をつけた古代風の女をずらりと従えてまかりでると、べたりと敷居に坐り、ぽーん、と、膝をたたいて、

「——いよう、イロオトコー」と、将棋ならさしずめ王道に攻めよせた。

夜になって、松下は豪気な煩悶をしていた。と、云うのはアアク灯の下でみるルイザの恋なのである。ひどくルイザのご機嫌がわるい——。

それについて、ルイザが外国の淫売婦のように松下の皮膚にすこしも××太陽の斑点をつけなくなったのが確かな証拠、シュミーズをとらぬ、あまえた夜とか——ストッキングに赤い鞣皮の網靴を穿《は》いた夜とか、××型の乳カバーを刺繍したように胸にはった夜とか、松下にとってルイザの蠱惑の夜が、じめじめした放心したような泥海にかわってしまった。ブレイキのない女になったルイザに興ざめして。

彼は高輪のルイザの家を出た。車を自宅に駛《はし》らす道々で、松下は家で彼の帰りを待つ宗教家の厳粛な夫人の顔を思い出していた。

そのころ、伊勢崎は大川端の小梅町にある「労働婦人救済所」と書かれた看板をかかげた小粋な洋風の家を訪れた。

どこにも人間の快楽の慰めはある――ここにも浅草の地下鉄の尖塔からの白い光の砲火の下で肥満した彼の銅鑼声がこだまするとと、しばらくして扉がひらいて、なかから四十前後の断髪にした痩せたグロテスクな女が出てきた。

「――さあ！　おあがりなさい……」

頬骨のなかで、歯ぐきの腐った口が開くと、病毒でつぶれた声であった。

奥の一間へ案内される途中で、伊勢崎はえへらえへらわらいながら、断髪の女の白骨のような手に触れて言った。

「――どうじゃな？　若いつばめが見付かったか」

「――うんと若い大学生をね……誘惑しましたよ」

「――嫌われはせぬかな！」

「――ご心配ご無用、腕によりをかけていますわ」

断髪の女は、長火鉢のまえに伊勢崎をつれてくると、彼にはウィスキー・グラスにレヤ・オオルドを注ぎながら、その享楽地帯とも思われるような顔面に浮いた皺を火鉢のうえで炎《ほて》らして、ナフタリンの粉末を火山灰のなかで燻らしはじめた。

鼻孔を醜くひろげて、

「――妾はこれで女学校の教師だったのよ、だが、あいにく女生徒と同性愛ばかしするような体操の受もちだったのさ」

「――すると、その臭はむかしの生死をともにせよ、という辻占なのかね」

「――ご戯談《じょうだん》を、死体の臭がするんですよ」

「――わし達のような男の……」

「――若い男よ！」

伊勢崎はシガー・ケースからハバナの葉巻を一本つかみ出した。支那の寺塔のように淫卑な貫目をみせて、

「――どうじゃ、いい玉にありつきたいぞ」

「――あなたにと思って、一人しまいこんでるのですよ」

「――ほほう！」

「――それがクラマエの新公の穴なんですよ。当年十六、ねえ、伊勢崎さん。新公も罪な

奴よ、あんたの餌にしようとはねえ……」

「――どこにいるのじゃ！」

「――隣の部屋で先刻から、神妙にしていますよ」

伊勢崎はふらふらと立あがると、隣の部屋に築港に船が入港するように用心深く突進した。

それから、め××ような彼の声がつたわってきた。

「――ばばーあ！　あとでたんまり奢ってやるぞ、わはははは……」


陰鬱な東京市がバラックの窓を開いて、東京は復興祭を前にして震災以来の義足を外した。

丸の内を囲んで円形道路、一名、マカダム式軍用道路がつくられて軍事当局者に云わすと、これでアメリカ恐るるに足らず、アスファルトの都市ができあがった。中央街の大厦高楼の建築の裾も、この資金はこの不況にどこから捻出されるのか？　都市の華美な裾をつけたのは、官庁と、銀行と、株式会社と、政府の補助金を得た御用商人のビルデング、土地を所有するブルジョアジィのための復興低利資金によって作成された、商店街。

江東一帯の小売商人、労働者によって形成された泥濘《でいねい》の街は、繁華街から大川を渡された大橋梁の華麗にもかかわらず、一つの工場の築いた城廓から、他の城廓までの間に人生の古巣のような集団が、ある同盟国をつくっていた。

この界隈のある一円について図解するなら、最近、工場閉鎖、賃銀不払い等によって同盟罷業を決行したが、指導団体の反目によって内部闘争までひき起した洋モス工場、東洋モスリン亀戸工場は、錦糸堀から高崎方面に獣の腸のように通じたアスファルトの大道路、あるものから見れば軍用の轍《わだち》の跡が刻印されて見える。

その大道路に面して静まりかえった、洋モス工場は払込株価五〇円のものが、時価二円五十銭だ。

この附近には、

新進女流作家の中本たか子、軒を並べて大衆党に属した思想家の織本貞代の二人の女が住んでいる。女流作家の方は非合法運動をとなえて、隣家に対峙している。この女作家は最近、総選挙のとき、選挙反対の宣伝ビラを配布して捕えられた。一月のたらい廻しの留置から出てきた彼女は、

――別荘でスポーツをやっていたんだ。と云っている。

亀戸天神一帯の戯廓には、お座敷でズロースをとって踊るロシア芸妓、深奥では女交りに賭博が開帳されて、素人がやってくれれば花札に仕掛もあろう。

女帯のような路地をはいれば東洋一の魔窟街があって、数年前、千束にいた女がいまも十七、八の少女らしさで、客に愛情の鎖を盤陀《はんだ》づけにする。

巷のカルメンの艶姿《あですがた》に、女の額のカールに巻かれるように、ト、ト、トと二階に引摺こまれると、等身大の鏡台のかたわらのアメリカ女優のプロマイドから抜けでたような艶姿に、客は微笑まされるだろう。

他の女の英語交りの男を呑んだ客あしらいは、もと、横浜にいて外人相手におぼえたフエラチオと寝床踊りに、くろうとの粋客が日参りするとか。いつのまにか流れこんだ、銀座裏で知合った女に会って旧交をあたためる遊客もあろう……。

柳島の出口の済生会医院へは、魔窟街の女が入院料、一日一円で病室で渾然と生活している。彼女たちはそこで男への手紙を書いて、最小の入費で最大の期限を医院に奉仕する。

柳橋をわたれば、横町に並んだ旅人宿で、客引に呼ばれた女づれが、一円の宿泊料で一夜の生活を始める。電車通りに出ると、一反三円九十銭の華《は》でな呉服ものと、反九十銭のさらしを並べた呉服店。一品五銭、上酒十銭で有名な三岩食堂から、この界隈の街が、労働階級の生活区として存在している。

だが、こうしたプロレタリアの街の羅列が一たい、この作になんの関係があるのか。と、云う疑問があるなら——東洋電力社長の企業計画のうちの一つをこの土地に結びつけることにしよう。

伊勢崎が考えたのは、労働者住宅改正の名によって××会を起して、政府に補助金の交付を松下を介して請願した。

労働者、連鎖アパートメント。

消費組合を不能にして、小売業者をどん底にひきいれる労働百貨店の尨大な企画、住宅の集中によって、購買欲の集中によって一般地価の下落をはかって土地を買収しようとする考え。

すると、政府の力に俟って労働者救済の美名にかくれて、通貨収縮の時代に、労働者の利得によって生活している小地主、小売商を壊滅させようとする遠大な企画には、その背後に彼が実行しようとする、郊外循環電鉄の企画による、地価騰起策が着々となされていた。

こうしたからくりのうちの事業計画が生れようとするとき、昭和五年三月十四日の朝日新聞の夕刊の経済欄は、業界を代表する花形株の末路として、左のような統計を示した。

これを昨年の十月の価格に対比すると、

払込額	時価	昨年十月中

日本郵船	五〇〇	五一四	六〇四
東京電灯	五〇〇	三六八	三四〇
富士紡	五〇〇	四二四	六九二
北海炭鉱	五〇〇	四六五	四九〇
富士紙	五〇〇	五一七	六九二
王子紙	五〇〇	九五九	一〇八〇
浅野セメ	五〇〇	四〇四	六三七
日魯漁業	五〇〇	三八五	四七四
東新	五〇〇	九九六	一一二一

この統計が示すように、産業界の花形株の低垂が昔日の面影をなくして、疲弊のどん底にあるとき、伊勢崎の企画には資本家らしい狡智にかくれた一脈の清新さがあった。

幸太郎と洋子の新婚夫婦が、大阪の旅から飛行機で帰京した。三月二十六日、復興祭の当日であった。

幸太郎と洋子は復興都市の雑沓のなかで、お互の心が次第に離反して行くのを感じた。

幸太郎は女優の松井啓子のことを考えていた。だが洋子は声楽家のことよりも新らしい腕の魅力を欲求した。

それ以前に財界の醜聞の結果、市の商業会議所会頭が拘引された。また、かつて東都の子女に華な人気をもって君臣していたアメリカ帰りの若い政治家が瀆職罪の疑いで拘引された。街の隅々では失業者が産業予備軍という美名によって、飢餓のためにうめいていた。こうしたお角さんのような変態な状勢のもとに、復興祭の花車《だし》が繁華街の群集のなかを進んでいた。だが松下は逼迫《ひっぱく》した刻下の問題の対策について、夜間にもかかわらず開かれる閣議に列席するために、日比谷方面に車を走らせていた。

（『モダンＴＯＫＩＯ円舞曲』昭和五年）

三田に来て

牧野信一

一

結廬《いおりをむすぶ》古《こ》城下《じょうのした》
時登《ときどきのぼる》古《こ》城上《じょうのうえ》
古城《こじょう》非疇昔《むかしのままにあらず》
今人《こんじん》自《おのずから》来往《らいおうす》

坂を登り、また坂を登り——そして、石垣の台上に居並ぶ家々のうちで、一番隅っこの、一番小さい家に居を移した。だが、朝から晩まで家中に陽があたって、遠く西北方の空を指差すとえんえんたる丹沢山の面影が白々しい空の裾に脈々と背をうねらせている有様が望まれる。それにしても何とまあ麗かな日和続きの、なつかしい冬であったことよ。私は終日椽側の、こわれかかった椅子に蹲ってそれらの山々の、遙の山つづきの麓にある、とある寒村に住み慣れて、猪を追いかけたり、悪人共と鉾を交えたりした数々の華々しい武勇物語を回想して得意であった。御覧、私のこの左腕に残っている傷痕は——或る肚黒い酒造業者の酒倉をおそって、番犬と格闘した思い出の痛手だ。向う脛にのこっている負傷の痕は、私達のケテイを地代金の代償として手込めにしようとして担ぎ出した悪銀行員の馬車を追って、月見草のさかんな河堤で、一騎打ちのつかみ合いを演じた折、私の力が及ばなかったか、奴の手玉にとられて蛇籠《じゃかご》の上にもんどりを打った時の不覚の傷手である。だが私は、その時、このままむざむざと私達のケテイをあのような奴輩の獣慾の犠牲にされてはアポロの門前で割腹をしなければならなかったから、必死の勇気を揮って、いきなり足許の蛇籠の目からこぼれ出ている拳骨大の石を拾いあげるや、奴の臀部を目がけて、えいッ！　と投げつけた。石は見事に奴の脊に命中して、そのまま悪人は脆くも虚空をつかんで悶絶した。私は気絶している娘の猿轡を解き、馬車を横領して一散に凱旋した。そして「竜巻村のジョーンズ」という称号を獲得した。

私達は左様云う雰囲気の村で、最も荒くれたまま文学の道に励んだ。——ジーベルとフロッシは、その頃からの私の道伴れである。そして二人は去年の春私の後を追って都に上った。二人は凡そ五年前に、三田の学校を出た文学士でこのあたりの地理に明るく、この家を見出して私に住わしめた。ジーベルが私如きの後を追って武者修業に現を抜かしているために一家は極貧の庭に沈んで、今ではここから程遠くない二本榎の崖の下の棟割り長屋に移り、母君と妻君は針仕事に余念なく、妹君は私の紹介で青バスの車掌となって、甲斐々々しく目黒・日本橋を往復している。私が文藝春秋社などへ赴く時、彼女の車に乗り合せると彼女は乗車賃を取らずに切符を呉れようとしたりして屡々私を狼狽させる。目黒線の小町車掌と称ばれて評判が高い。私はそこの重役を先輩に持つのであるが、彼からの最近の伝えに依ると彼女のサービス振りは抜群の成績で間もなく一足飛びに昇給するであろうということで、一夜、その老いたる母君の眼に嬉し涙を宿らしめ、吾々に悦びのプロージットを挙げしめた。私の修業も大変だがジーベルの文学の行手も、見事に径が嶮しいのである。

二

フロッシの事

次にフロッシは、これも云うまでもなく永年の文学道の鎧武者であるのだが、そして私と握手を交して以来凡そ七星霜の貪寤の波に私達と共々に云わばノルマンディの海賊もどきに長蛇船《ろんぐさあぺんと》の舵を執りつつ此処に到着した男であるが、気の毒な話であるが、今では文学のつとめよりも私達の生活の舵とり役の方が専門となってしまった。もともと彼はトラック競技の選手《ちゃんぴおん》だっただけに多くの軽業に長けていたのは好かったが、そいつが何うも私達の村のストア生活に於て余りに役立ち過ぎてしまったのがそもそもの御難と化した。

彼は、居酒屋の店先につないで置く馬の背中を目がけて、二階の窓から飛び乗って逐電を試みる早業が巧であった。網を担いで河原に降り立てば忽ち若鮎の数十尾を、銃を借りて半日山野を駆け回れば豊富な山の産物を捕獲して、おお思い出せばそれらの彼の働きに依って、幾度私達は饑《うえ》をしのいだことであったか！　お蔭で私は幾篇の小説をつつがなく書き終らせたことか！　勘定の言訳の述べ憎くなった居酒屋から、あの飛乗りの早業で何度彼は酒樽を借出して来て、仕事疲れの奄々たる私を炉端に慰めたことか！　蜜柑山で働き、水車小屋の水門番を務めて、何俵の米を彼は私達の空の米櫃へ運んだことか！　棒高飛びの離れ業を演じて、決して私に面会しようとしない或る慾深屋敷の塀を飛び越えて、何度私の借金申込みの代弁を果したことか！　思えば私の胸に感謝の涙が涌きあがりそうだ。

私にして若しも彼の肖像画を描くとなれば、その頭上にさんらんたる金色の円光を添え度いものだ。ところが、それはそうとして彼も再び都に戻り、いよ〳〵創作の筆を執ろうと奮起したのであるが、いざペンを持って見ると、これまでの余りな荒業に練られた腕にとっては、ペンの軽さが手答えがなくて厭にペン先が震えるばかりで、決して落々と文字などを書き誌すということが不可能事であるのを発見した。私達は仰天して交る交るにその腕をさすったり肩を按摩したりすると彼は擽たい！　擽たい！　と叫んでげらげらと苦悶するばかりで何の効目も露われぬ状態だった。私は、これほど、傷ましくも深刻な人間の泣き笑いの表情というものを見た経験がない。

書けぬと決れば、如何ほど彼が逞ましい離れ業に長けているとは云え、此処に至ってはそんな芸当はおそらく役立ずに決っている。

彼は、身を持てあましてジーベルの家で碌々としているのであるが、半ばは私の処に来て、今私が斯うしてペンを構えている目の先の椽側に踞って、遙かの雲の下に浮び出ている連山の姿を凝っと視詰めている。ああ、私は彼の達磨の眼を見るのが傷ましい。——一度は、いっそのこと活動の活劇俳優を志願して見たらという議が起ったが、彼は俳優と聞いただけでも恥かしさのあまり顔から火が出る！　と唸って、頭を抱えて泣いてしまったのである。

勿論彼の極めて内気な性質を知り抜いている私がそんな乱暴な話を持出したわけではなかったのであるが、彼はまともに相手の顔を見て物を言うことすら出来ない位いの話下手で、ただただ爽かな友達思いの情に富んでいる。村に居た頃は、丹精込めて様々な産物をジーベルの崖下の留守宅へ送ることを忘れなかった。最も真面目で最も貧しい文学の友である創作の道を展いて呉れれば幸いである。僕は彼の文学の為にならば奈落の舞台回しになることに甘んずる——斯う云って彼がジーベルを私に紹介したのは、あの山麓で私が哲学に飽きて、夙に中世の海賊文学の閲読に、夢を逞しくしていた頃であった。

三

坂の下で電車を降りると、寺と寺との間の細い坂道へ曲る。石の段々に差しかかる。それを稲妻型に一つ折れて台の上に登るのであるが、一番奥の私達の家は、突きあたって更にもう一つ左手へ曲る具合になっている。それが一見すると、曲り角の家が行き留りに思われて、恰も此方はその家の裏口のようになるので、屢々訪客は隣家の前まで来て、もうその奥には家はないものと誤解して、引き返す場合が珍しくない。引き返したと云えば、一ト月ばかり前斯んな口惜しい挿話が起った。私の東京の一人の親しい友達が、はじめて私達の新居を訪れるために、石段を登って隣の家の前まで来たのであるが、まさかその横に家があるとも思われぬので踵を回らせ、あたりを数回に渡ってぐるぐると探し回ったが断然見つからぬので、つまらなく引き返してしまった。彼は、シラキウス産のとろりとした一壜の古ウイスキーを持参していたのである。そして彼は、私の家が見つからぬので帰宅すると呆気なくひとりで飲んでしまったのだ。手紙でそれを知ったので私は早速明細な地図を描き赤鉛筆で道筋に矢の方向を附して速達したが、シラキウスはもう一滴も残らず水蒸気と化した後だった。――それが若し借金取りであったならば幸せだったのに！　と、私達は長大息を洩らした。ジーベルの筆も進まず、フロッシは腕組みのまま山ばかりを眺めているので、自然二人は我家の多くの負債の言訳がかりとなっている。幾分弁舌のさわやかなジーベルが先ず怖る怖ると出張って言訳を述べると、弱々しい彼を甘しと見て、仲々帰ろうとせぬ債権者がある。事態が漸く面倒な模様になると、今まで二階の縁側でギヨロッとした眼玉と重い腕組をして山を眺めていた無精鬚の物々しいFが、全くそれと同じ態度を保ったままぬッとして訪者の前に現われるのである。そして何時までも其処に立っているのである。口を利かぬ業ならば彼は飽くまでも辛棒強いのである。

おお、思わず寒い余談に走った不躾けを許したまえ。そんなわけで彼等は、おうおうとして失職と創作難の憂目に祟られているので、近頃はせめてもの歎きを読書に依って医そうという事となり、私も彼等の姿に接していると同情のあまりつい創作の筆も悲しくなるので、寄れば、もう三人黙々として頭を並べて読書に没頭することとなった。

この随筆は、この場面から書きはじめるべきであった。というのは私達が、この二ケ月ばかりの間で読んだ書物のうちで、私達によなき亢奮の夢を誘ったところの数々の著書に就いての感想を批瀝したいのが私の希いであったのである。然し今日はもうその予猶がなくなってしまった。

私達は、不思議な讃嘆絶賞の唸りを挙げながら、日に夜をついで奇怪な夢のとりことなって実《げ》にも勇敢な口を過した。——義太夫なんて、碌々聞いたこともなし、勿論人形芝居を観た験もない滝巻村のドンキホーテやロビンフッドを伺うしてそれらの書が斯くも囚えて、斯くもさんざんに打ちのめしたかという世にも滑稽なエピソードは、いっそ連書でなりと著者に報告しようかと相談中である。——この冒頭に引用した一節の古詩は、その晩私が満悦に乗じて思わず筆を執って壁に走り書いた有頂天の誌である。

（「時事新報」昭和七年二月二〇～二二日）

新宿あたり

北村小松

――一体《たい》いつの事だったかはっきりとした年月日は記憶《おく》していないが、何でも五六年も前の事――、その時伊藤喜朔君は紋付《もんつき》を着《き》、私は縞《しま》ズボンか何かをはいて、いやにあらたまった格好《かっこう》で、若松町《わか》の方《ほう》から、ゴミゴミした裏街《うらまち》を、新宿の方《ほう》へ歩いていた。

「おい、新宿《しんじゅく》には、ベエゼ一つ五十銭ってバーがあるぜ!」

いきなり伊《い》藤君がいったものだ。今ならザラにある事で珍《めずら》しくもないが、その頃《ころ》は可《か》なり目あたらしい事だった。

「……舌など用いると、これが、八十銭って事になるんだ……そうだ!」

伊藤君は、「そうだ」という言葉を、とってつけた様にくっつけていった。

「ふーん!」

「行って見ようか?」

「ひるまっから紋付きなどでか?」

「なるほど、これじゃいけねえ!」

二人は笑ってしまった。

◇

「いい所がある、おれが設計したダンスホールがあるんだ！」

「いいね、ぜひつれてってもらいたいね！」

私は、伊藤君にせがんでその新宿ダンスホールへつれて行ってもらった。――何でもヨセを改造した小《ちっ》ちゃなホールだった事を覚《おぼ》えている。

今《いま》でこそ、

「帝都座《ていとざ》へ行《ゆ》こう」

等《など》と踊《おど》りにさそわれると、

「僕はフロリダ一点張《てんぱ》りさ……フロリダの娘達《たち》の方《ほう》が、はるかに僕のグウにピッタリくるからね！」

等《など》とうそぶいても見せるが、その頃の私はそれが、ダンスホールへの初《はつ》見参だったのである。

もっとも小山内薫先生の松竹キネマ研究所で、一九二二年の頃、ケイオーボーイで、先生の門下だった私は、東屋三郎、根津新、岡田宗太郎その他の諸君とパヴロヴ女史からダンスのダの字位は教わった事がある。

◇

が、当時《とう》二十二歳《さい》だった私《わたし》は、その頃《ころ》花の様に華《はな》やかに十九歳《さい》だった東栄子嬢に、そのダンスのお相手《あいて》を申《もう》し出《で》られて、恐縮《きょうしゅく》のあまり真赤《まっか》な顔《かお》をして引《ひ》き下《さが》ったきりそれっ切《き》りダンスというものと縁《えん》を切《き》っていたのだった。——だから、私《わたし》は、あの新宿《しんじゅく》ホールの二階《かい》のパーラーから踊《おど》る人生を眺《なが》めたのが本当《とう》の最初《さいしょ》といっていいのだ。

私《わたし》が、ダンスをやりはじめたのは、その次《つぎ》の年あたりからだったろう。

今《いま》、一九三三年、新宿《しんじゅく》というと私《わたし》は帝都座《ていとざ》というものをまっ先《さき》に思《おも》い浮《うか》べるほど、ダンスを好きになっている。

活動屋なんだから、帝都座といや、日活さんの封切場として帝都座を思いだしそうなものだが、申しわけない事に、私はまだただの一度も帝都座のスクリーンというものを見た事がないのである。

活動屋なんだからムサシノ館位にはおなじみがあっていいはずなんだが、これにもトンと行った事がない。

ムサシノ館、ムサシノ館……そうつぶやいて目をとじると、私の頭の中に夢の様に浮んでくるのは、そのかみの何となく馬ふんくさくなつかしいオールド新宿の姿だ、昔の姿だ……。

だが、今日《こん》は月もデパートの屋根に出《で》る新宿《しんじゅく》なんだ。古の武蔵野《むさしの》「草《くさ》より出《いで》て草《くさ》にいる。又草枕《くさまくら》の旅寝《ね》の日数《ひかず》を忘《わす》れ問《と》うべき里の遙《はるか》なり」等いうムサシノの面影《おもかげ》など想像《そうぞう》もつかない。

「承応より享保《きょうほう》に至《いた》り四度迄《まで》新田《しんでん》開発《かいはつ》ありて耕《こう》田林園《えん》となりそのかみの風光《こう》これなし」所の話《はなし》ではない。「されど月夜《よ》狭《さ》山に登《のぼ》りて四隣《りん》を顧望するときは広野《や》そうぼう千里無限。往古《おうこ》の状を想像《そうぞう》するにたれり」等いったって、三越《みつこし》の屋上《じょう》から見てもほてい屋の屋上《じょう》から見てもそのかみのムサシノなんか想像《そうぞう》もつかないではないか。

甲州街道に通じる駅。新宿——その新宿へ通じる道は、今は震災前の馬ふんのにおいすら無く、あふれる様な円タクと青バスのお尻からはきだす「小倉」や「三菱」のやすガソリンのにおいだらけだ。

◇

私《わたし》は、自分《じぶん》で自分《じぶん》の豆自《まめじ》動車をころがしていて、新宿《しんじゅく》ほど走りにくい場所《ばしょ》はまあ、東京にはないと思《おも》う。よくもまあ、ボロ自《じ》動車がこうもせりあって走っているものだと感《かん》心し、かつ戦《せん》りつする。円《えん》タクの法規《ほうき》無視《し》は、新宿《しんじゅく》においてもっとも発揚《はつよう》されそうだ。あぶなくって、これではなるほど、自《じ》動車の事故《こ》の方《ほう》が、飛行機《ひこうき》の事故《こ》より多いはずだとつくづく感心《かん》せざるを得《え》ない。うそだと思《おも》うなら、まあ、一ぺんハンドルをにぎって新宿《しんじゅく》へ車をコロガシて行《い》ってごらんになる事だ。

玉葉の右大臣の歌「旅人の行くかたかたにふみわけて道あまたあるむさしのの原」なんてのん気な事はいっていられない。

そりゃ道はあまたある。お女郎屋への道、ムーランルージュへの道、帝都座、ムサシノ館、三越、ほてい屋、二幸への道等々……。

◇

だが「君ともあろうものが、新宿《しんじゅく》の新《あたら》しい女郎屋を知らない手《て》はないよ。物を書くためにもさ！」

柳《やなぎ》永二郎君にそういわれて、

「ハマと同じだってじゃないか！　んなら海が窓《まど》から見えて船《ふね》のげん灯《とう》が海にユラユラとゆれて、そして夜《よ》がホノボノと水平線《へいせん》の向《むこ》うからあけてくる本牧《もく》の方《ほう》が僕にはピッタリくるよ」

と答《こた》えた私《わたし》だった。

帝都座へ踊りにさそわれればフロリダ一点ばりで通して来た私だ、が、一つだけ、そのために新宿へ行っていいと思うものが私にもある。……中村屋だ。あすこのカレーライスだけは私はわざわざ食いに行く気になる。

◇

「カレーライスを作るなら、せめてこれ位《くらい》のものを作ってもらいたいもんだね」

女房《にょうぼう》にいうと、

「こんなのこさえるには牛からして買ってくれなきゃ。……お乳をしぼってバターをこさえて、そのバターでおいもを煮込《にこ》んで、そしてこのおつゆが出来《でき》るのよ。このおつゆ、家《うち》でつかう即席《そくせき》のカレーのメリケン粉《こ》やクズ粉《こ》のとはちがうのよ」——女房《にょうぼう》は、だから牛を一匹《びき》買って家《うち》で作るよりは金《きん》一円也《えんなり》でも、そして円《えん》タクを四十銭にねぎって行《い》っても中《なか》村屋でたべた方《ほう》が安いと、理窟《りくつ》をいうのである。

一九二〇年の頃——花柳はるみ女史華かなりし頃、そして日本映画劇のれい明の頃、私はこの中村屋のインテリな奥さんと花柳はるみ女史の家で会った記憶がある……それから、ロシアの盲目詩人エロシェンコと、中村屋——そんな記憶が、今ふと、私の脳裏によみがえって来る。

（「東京朝日新聞」昭和八年四月一四、一五日）

丸之内点景

小津安二郎

春の夜《よ》である。

今、活動《かつ》がハネたばかりで、人浪《ひとなみ》は、帝劇《ていげき》から丸之内の一角《かく》を通《とお》って、銀座《ぎんざ》につづく。

「一寸、つき合《あ》えよ、アロハ・オエを一枚買って行《ゆ》くんだ」

三人連《にんつ》れの海軍青年士《し》官の会話《スポークン・タイトル》。

▽

春の夜《よ》の、コンクリートの建《たて》物の並《なら》んだ、丸《まる》之内《うち》の裏通《うらどお》りのごみ箱《ばこ》一つ見えない、アスファルトの往来《おうらい》に、ふと、野菜《やさい》サラダのにおいを感《かん》じたと芥川龍《りゅう》之介《すけ》は書いている。

この通《とお》りには、ところどころに西洋《せいよう》料理《り》店はあるし、大方《おおかた》は、地下室《ちかしつ》が、料理場《りば》になっていて、ほ道とすれすれに通《つう》風窓《まど》があるから、野菜《やさい》サラダだろうが、かきフライであろうが、鼻が悪くない限りごみ箱《ばこ》を聯想《れんそう》し、その所在《しょざい》を気にせずとも、それより遙《はるか》に新鮮なにおいを感《かん》じるのは当然である。

当《とう》時、このあたりに洋食《ようしょく》屋が一軒《けん》もなかったと、好意的《こういてき》に解釈《かいしゃく》するとして——

いる。

今《いま》僕の前を行《ゆ》く、これも帝劇《ていげき》の帰《かえ》りの慶應《けいおう》の学生も、洋食に関《かん》して極《きわ》めて博《はく》学を示《しめ》して

「日本の海老《えび》はロブスターとは、いわないんだね」

春の夜《よ》の丸《まる》之内《うち》の裏通《うらどお》りに、ふと洋食を感じるのは、どうやら春の夜《よ》の定《じょう》式らしい。

▽

相似形的二重露出

曇天の、丸ビルは大きな水そうに似ている。

中に、無数の目高が泳いでいる。

▽

丸ビルは、とても大きい愚鈍な顔をしている。

殊に、夜が明けてから、朝のラッシュ・アワーになる迄の数時間の表情と来ては、早発性痴ほうよだれだ。よだれは敷石をぬらしている。

▽

ドーナッツに穴のある様に、もっと現実的にいって、便所《べんじょ》の防臭剤《ぼうしゅうざい》に穴《あな》のある様に、丸ビルの内側《うちがわ》にも、通《つう》風と採光《さいこう》の穴があいている。

丸ビル、八階——

窓、窓、窓、窓、東向き――
一階《かい》、コーヒーを沸《わか》している。
二階《かい》、女店員《いん》とコンパクト。
三階《かい》、ポマード頭《あたま》。
四階《かい》、ヨーヨーをしている。
五階《かい》、ヨーヨーをしている。これはニュートンの戸惑《とまど》いをした表情《ひょうじょう》だ。
六階《かい》、丁字形定規《じけいじょうぎ》が動いている。
七階《かい》、空室《しつ》。
八階《かい》、窓硝子《まどがらす》をふいている。陸《おか》のカンカン虫。

▽

窓、窓、窓、窓、南向き――
一階、飯びつが乾してある。
二階、狸が狐を背負っている。美容院。
三階、タイプライターをたたいている。
四階、手巾が乾してある。
五階、泣いて文書く人もある。これはうそだ。給仕が靴を磨いている。

六階、盛に、お辞儀の連続だ。あれは借金の言訳をしている。

七階、途端に、サイレンが鳴った。

午砲のサイレンに変ったのは偶然ではない。これはまだしも空き腹に、応えない。

▽

この界《かい》わいの、ビルディングのボイラーたきは大方《おおかた》、ら、ん、ち、ゅ、う、を、その屋上《じょう》に飼《か》っている。

▽

暖《あたた》かくなって、ボイラーの方《ほう》が暇《ひま》になると一方《ぽう》は、食《く》いが立《た》って急がしくなる。

極《きわ》めて早朝《ちょう》、この界《かい》わいを、神田あたりの店員が、皆《みな》ユニホームを着《き》て、皆自転車《みなじてん》に乗《の》って、日比谷《や》あたりに野球の練習に通るのを見かけたことがある。

これは僕の見た都会の情景の中での、好《この》ましいものの一つである。

（「東京朝日新聞」昭和八年四月二一日）

飯田橋駅

原　民喜

飯田橋のプラットホームは何と云う快い彎曲なのだろう。省線電車がお腹を摩りつけて其処に停まると、なかから三人の青年紳士が現れた。彼等は一様に肩の怒ったオーバーを着て三人が三人ステッキを持って、あの長いコンクリートの廊下を神楽坂方面の出口へと歩いて行く。ガランコロンとステッキが鳴る、歩調が揃い過ぎてる、身長がほぼ同じだ、ロボットのように揃い過ぎてる。何しろ今夜は正月元旦の晩だ。

さて、またここには、その三人の後姿に対って思わず嬉しそうに笑声を洩らした一組がある。何がそのように嬉しいのか、もとよりはっきりしない事柄だが、若い夫妻はこれも今夜は世間並に長閑な気分になりきっていたにちがいない。つまりこの妻を連れたサラリーマンは四五日前忘年会の二次会で、一友と語り合って、僕達は到頭男になったね、と頻りに男らしい感慨に耽ったものだが、今夜も彼は自分が男であることを自覚してそれはとてもいい気持になっていた。男が男であることは、まさに正月が正月であることと同様に平凡なことだが、彼はその平凡に今や吻と物足りた世間並の気持を味う年輩なのだった。

とは云え彼等の生活は何処でも何時でも重苦しいものではあったのだが、……今、彼は比較的塵の少ない空気を胸一杯吸って、三年連添うた妻と新婚の如き気持で歩けるのだった。正月の馬鹿！　微笑が神楽坂を登る彼の頰に浮かぶ。褄を摘んでしゃなりと歩く芸妓は笑わない。そしてさっきのロボットのような三人連れは何処へ消えたのだろう、そんなことは誰も知らない。今、夫妻は閑静な軒並をショー・ウィンドーなど眺めながら、ネオンサインのぐるぐる廻るバーの前を素通りして電車道まで来ると型の如く後戻りする。その間横町から芸妓がついと現れては消える。瞰下せば牛込見附の堀はまことに寒そうなのであるが、何処か春らしい潤いがないとも云えない。彼は立止ってそっと熱っぽい吐息を吐いてみようとした。が、それもめんどくさかったので、妻を促して再び飯田橋駅に帰った。

と、ここでもまた正月らしい風景が待構えていた。今、ホームには電気ブランで足をとられた中年の紳士が二人、これはぜんまいの狂ったロボットのようにガクリガクリと今にも線路へ堕こちそうである。が、腰がふらついている癖に不思議に滑り込まない。彼は痛ましい人生の縮図を見てるような気がしないでもなかった。もしかすると、この酔ぱらい達も彼と同じように今夜男になったと云う感慨で以て泡盛をひっかけたのかも知れない。だから二人の酔ぱらいはお互に励まし合って明日からの生活を祝福したのかも知れない。

一方が水道の栓を捻ると、一方が屈み難い腰を無理に屈めて水道の栓に噛りついた。あっ、水が散るじゃないか！　丁度電車が来た。

電車に乗った夫妻はじっと澄ましていた。夫妻の前に腰掛けている燕尾服の紳士は実に謹厳そうな顔つきであった。その表情は電車の揺れるに従っていよいよ難しそうになって行く。と、到頭来た、紳士は口を開けてべえっと床の上にへどを吐いた。

（『焔』昭和一〇年）

池袋三丁目に移転

江戸川乱歩

芝区車町の家は高輪の大木戸あとに近く、京浜国道と東海道線からすぐの場所にあったので、土蔵の洋室が気に入って住みついては見たものの、汽車と電車と自動車の騒音が、だんだん耐え難くなって来た。汽車はときたまだけれども、電車と自動車はひっきりなしに走っているので、殊に自動車のクラクションの音が、神経衰弱になるほど、身にこたえた。一年ほどは何とか辛抱したが、もう我慢ができなくなって、二た月ばかり借家を物色したあとで、池袋三丁目の今の住居を見つけて、七月に引越しをした。

池袋の家にも昔風の土蔵がついていた。実はそれが気に入ったのである。地面も広く三百五十坪あり、平家建てで、八、六、六、四半、四半、四、三、三、三、二の十室に湯殿。土蔵は二階建てで延坪十五坪であった。家賃は月九十円、大きな門がついていて見かけもなかなか立派であった(但しこの門は後に戦災で焼失した)庭木も豊富であった。私は土蔵の階下に、車町の洋室の書棚を運ばせて取りつけ、例の彫刻のある大机もそこに置いて、数年の間はこの土蔵の中を書斎に使っていた。夏は冷々してよろしいが、冬は寒いので、反射式でなく、動力線を引かなければ取りつけられない、環流式の電気暖房を設けて、寒さを防いだ。

貼雑帳を見ると、池袋に引越した当座は、また新聞雑誌社の訪問があったようである。文士というものは、度々引越しをすると、その度に新聞や雑誌に新居の写真などが出て、宣伝になるという説があったが、なるほどそういうこともあるなと感じたものである。

貼雑帳にはそういう写真や記事が幾つか貼ってあるが、八月十七日の「東京日日新聞」(今の毎日)に、土蔵の中の階段に腰かけた浴衣姿の私の写真がのって、下に高田保氏の書いた記事が出ている。同氏が写真班をつれて、土蔵を見に来たのである。高田氏のその言葉は才筆で、なかなか面白いから引用して見る。

「蔵の中には妖気がござる。妖気の中に乱歩先生がござる。だが妖気がありすぎたのでは先生が妖気になってしまうから、そこで扇風器ということになる。涼しさを呼ぶためではなくて、しっとりこもった妖気を払うためだとおっしゃる。先生には適度の妖気なのだろうが、われら常凡の徒にはすこし冷えびえしすぎるので、『虫なども出るでしょうな?』するると先生は落着いたもので『長虫、蜥蜴、蟇、百足』と虫屋の主人のようにすらすらと名をば挙げられた。そこで、こっちも調子にのって『蜘蛛に蝎……』とかぞえ立てると、なんと途端に先生の顔がおびえたように真青になられたのだから妙ではある。『おきらいなのですか?』『いや、嫌いだから、それらを筆にのせるのです』と悪気を払うような恰好で団扇をパタパタとさせられた。長虫、蜥蜴、蟇、百足の方は妖気だけなのだが、蜘蛛とか蝎とか、あの足の長い虫共には、どうも悪気があるらしい。だが、われら常凡の徒にいかでか妖悪の別あらんや。折柄日没追って窓の外に蜩の唱が聞え出した。妖気の中で聞けば、その唄までが変にきこえる。即ち早々にして辞し去った」

八月第一日曜発行の「週刊朝日」には、やはり土蔵の中の例の大机に向かった私の写真が大きくのって、「薄暗い仕事場と赤い錦絵の蒐集」という一頁の記事が出ている。妖気作家の転宅は、やはり妖気を以って報じなければならなかったのであろう。

そのとなりに貼ってある新潮社の雑誌「日の出」の口絵は、私の小説連載中なので、余り妖気呼ばわりはしていない。コンモリと茂った木立ちを背景にして、庭の芝生にデッキ・チェアを置き、浴衣姿でその上にふんぞり返っている私と、そばの籐椅子にかけている家内の写真が出て、その下に「江戸川乱歩氏、新居の夕涼み」という解説文。曰く「黒蜥蜴の作者江戸川乱歩氏は、この夏、写真のような奥深い庭のある家に移られた。蟬の声の好きな氏は樹木の多いこの家の土蔵にこもって、存分に蟬時雨を聴きながら、執筆に暑熱を忘れられるのである。(後略)」

(『探偵小説四十年』昭和三十六年より)

未帰還の友に

太宰　治

一

君が大学を出てそれから故郷の仙台の部隊に入営したのは、あれは太平洋戦争のはじまった翌年、昭和十七年の春ではなかったかしら。それから一年経って、昭和十八年の早春に、アス五ジウエノックという君からの電報を受け取った。

あれは、三月のはじめ頃ではなかったかしら。何せまだ、ひどく寒かった。僕は暗いうちから起きて、上野駅へ行き、改札口の前にうずくまって、君もいよいよ戦地へ行くことになったのだとひそかに推定していた。遠慮深くて律義な君が、こんな電報を僕に打って寄こすのは、よほどの事であろう。戦地へ出かける途中、上野駅に下車して、そこで多少の休憩の時間があるからそれを利用し、僕と一ぱい飲もうという算段にちがいないと僕は賢察していたのである。もうその頃、日本では、酒がそろそろ無くなりかけていて、酒場の前に行列を作って午後五時の開店を待ち、酒場のマスターに大いにあいそを言いながら、やっと半合か一合の酒にありつけるという有様であった。けれども僕には、吉祥寺に一軒、親しくしているスタンドバーがあって、すこしは無理もきくので、実はその前日そこのおばさんに、「僕の親友がこんど戦地へ行く事になったらしく、あしたの朝早く上野へ着いて、それから何時間の余裕があるかわからないけれども、とにかくここへ連れて来るつもりだから、お酒とそれから何か温かいたべものを用意して置いてくれ、たのむ！」と言って、承諾させた。

君と逢ったらすぐに、ものも言わずに、その吉祥寺のスタンドに引っぱって行くつもりでいたのだが、しかし、君の汽車は、ずいぶん遅れた。三時間も遅れた。僕は改札口のところで、トンビの両袖を重ねてしゃがみ、君を待っていたのだが、内心、気が気でなかった。君の汽車が一時間おくれると、一時間だけ君と飲む時間が少くなるわけである。それが三時間以上も遅れたのだから、実に非常な打撃である。それにどうも、ひどく寒い。そのころ東京では、まだ空襲は無かったが、しかし既に防空服装というものが流行していて、僕のように和服の着流しにトンビをひっかけている者は、ほとんど無かった。和服の着流しでコンクリートのたたきに蹲っていると、裾のほうから冷気が這いあがって来て、ぞくぞく寒く、やり切れなかった。午前九時近くなって、君たちの汽車が着いた。君は、ひとりで無かった。これは僕の所謂「賢察」も及ばぬところであった。

ざッざッざッという軍靴の響きと共に、君たち幹部候補生二百名くらいが四列縦隊で改札口へやって来た。僕は改札口の傍で爪先き立ち、君を捜した。君が僕を見つけたのと、僕が君を見つけたのと、ほとんど同時くらいであったようだ。

「や」

「や」

という具合になり、君は軍律もクソもあるものか、とばかりに列から抜けて、僕のほうに走り寄り、

「お待たせしまスた。どうスても、逢いたくてあったのでね」と言った。

僕は君がしばらく故郷の部隊にいるうちに、ひどく東北訛りの強くなったのに驚き、かつは呆れた。

ざッざッざッと列は僕の眼前を通過する。君はその列にはまるで無関心のように、やたらにしゃべる。それは君が、僕に逢ったらまずどのような事を言って君自身の進歩をみとめさせてやろうかと、汽車の中で考えに考えて来た事に違いない。

「生活というのは、つまり、何ですね、あれは、何でも無い事ですね。僕は、学校にいた頃は、生活というものが、やたらにこわくて、いけませんでしたが、しかス、何でも無いものであったですね。軍隊だって生活ですからね。生活というのは、つまり、何の事は無

い、身辺の者との附合いですよ。それだけのものであったですね。軍隊なんては、つまらないが、しかス、僕はこの一年間に於いて、生活の自信を得たですね」

列はどんどん通過する。僕は気が気でない。

「おい、大丈夫か」と僕は小声で注意を与えた。

「なに、かまいません」と君はその列のほうには振り向きもせず、「僕はいま、ノーと言えるようになったですね。生活人の強さというのは、はっきり、ノーと言える勇気ですね。僕は、そう思いますよ。これが出来た時に、身辺の者との附合いに於いて、ノーと言うべき時に、はっきりノーと言う。未だにノーと言えないでしょう？　きっと、まだ、僕は生活というものに自信を得たですね。先生なんかは、

「ノー、ノー」と僕は言って、「生活論はあとまわしにして、それよりも君、君の身辺の者はもう向うへ行ってしまったよ」。

「相変らず先生は臆病だな。落着きというものが無い。あの身辺の者たちは、駅の前で解散になって、それから朝食という事になるのですよ。あ、ちょっとここで待っていて下さい。弁当をもらって来ますからね。先生のぶんも貰って来ます。待っていて下さい」と言って、走りかけ、また引返し、「いいですか。ここにいて下さいよ。すぐ帰って来ますから」。

君はどういう意味か、紫の袋にはいった軍刀を僕にあずけて、走り去った。僕は、まごつきながらも、その軍刀を右手に持って君を待った。しばらくして君は、竹の皮に包まれたお弁当を二つかかえて現われ、

「残念です。嗚呼、残念だ。時間が無いんですよ、もう」

「何も無いのか？　もう、すぐか？」と僕は、君の所謂落着きの無いところを発揮した。

「十一時三十分まで。それまでに、駅前に集合して、すぐ出発だそうです」

「いま何時だ」。君の愚かな先生は、この十五、六年間、時計というものを持った事が無い。時計をきらいなのでは無く、時計のほうでこの先生をきらいらしいのである。時計に限らず、たいていの家財は、先生をきらって寄り附かない具合である。

君は、君の腕時計を見て、時刻を報告した。十一時三十分まで、もう三時間くらいしか無い。僕は、君を吉祥寺のスタンドバーに引っぱって行く事を、断念しなければいけなかった。上野から吉祥寺まで、省線で一時間かかる。そうすると、往復だけで既に二時間を費消する事になる。あと一時間。それも落着きの無い、絶えず時計ばかり気にしていなければならぬ一時間である。意味無い、と僕はあきらめた。

「公園でも散歩するか」。泣きべそを搔くような気持であった。

僕は今でもそうだが、こんな時には、お祭りに連れて行かれず、家にひとり残された子

供みたいな、天をうらみ、地をのろうような、どうにもかなわない淋しさに襲われるのだ。わが身の不幸、などという大袈裟な芝居がかった言葉を、冗談でなく思い浮べたりするのである。しかし、君は平気で、

「まいりましょう」と言う。

　僕は君に軍刀を手渡し、

「どうもこの紐は趣味が悪いね」と言った。軍刀の紫の袋には、真赤な太い人絹の紐がぐるぐる巻きつけられ、そうして、その紐の端には御ていねいに大きい総などが附けられてある。

「先生には、まだ色気があるんですね。恥ずかしかったですか?」

「すこし、恥ずかしかった」

「そんなに見栄坊では、兵隊になれませんよ」

　僕たちは駅から出て上野公園に向った。

「兵隊だって見栄坊さ。趣味のきわめて悪い見栄坊さ」

　帝国主義の侵略とか何とかいう理由からでなくとも、僕は本能的に、或いは肉体的に兵隊がきらいであった。或る友人から「服役中は留守宅の世話云々」という手紙をもらい、その「服役」という言葉が、懲役にでも服しているような陰惨な感じがして、これは「服

務中」の間違いではなかろうかと思って、ひとに尋ねてみたが、やはりそれは「服役」というのが正しい言い習わしになっていると聞かされ、うんざりした事がある。

「酒を飲みたいね」と僕は、公園の石段を登りながら、低くひとりごとのように言った。

「それも、悪い趣味でしょう」

「しかし、少くとも、見栄ではない。見栄で酒を飲む人なんか無い」

僕は公園の南洲の銅像の近くの茶店にはいって、酒は無いかと聞いてみた。有る筈はない。お酒どころか、その頃の日本の飲食店には、既にコーヒーも甘酒も、何も無くなっていたのである。

茶店の娘さんに冷く断られても、しかし、僕はひるまなかった。

「御主人がいませんか。ちょっと逢いたいのですが」と僕は真面目くさってそう言った。

やがて出て来た頭の禿げた主人に向って、僕は今日の事情をめんめんと訴え、

「何かありませんか。なんでもいいんです。ひとえにあなたの義俠心におすがりします。たのみます。ひとへにあなたの義俠心に、……」という具合にあくまでもねばり、僕の財布の中にあるお金を全部、その主人に呈出した。

「よろしい！」とその頭の禿げた主人は、とうとう義俠心を発揮してくれた。「そんなわけならば、私の晩酌用のウイスキーを、わけてあげます。お金は、こんなにたくさん要り

ません。実費でわけてあげます。そのウイスキーは、私は誰にも飲ませたくないから、ここに隠してあるのです」。

主人は、憤激しているようなひどく興奮のていで、矢庭に座敷の畳をあげ、それから床板を起し、床下からウイスキーの角瓶を一本とり出した。「万歳！」と僕は言って、拍手した。

そうして、僕たちはその座敷にあがり込んで乾杯した。

「先生、相変らずですねえ」

「相変らずさ。そんなにちょいちょい変ってはたまらない」

「しかし、僕は変りましたよ」

「生活の自信か。その話は、もうたくさんだ。ノーと言えばいいんだろう？」

「いいえ、先生。抽象論じゃ無いんです。女ですよ。先生、飲もう。僕は、ノーと言うのに骨を折った。先生だって悪いんだ。ちっとも頼りになりやしない。菊屋のね、あの娘が、あれから、ひどい事になってしまったのです。いったい、先生が悪いんだ」

「菊屋？　しかし、あれは、あれっきりという事に、……」

「それがそういかないんですよ。僕は、ノーと言うのに苦労した。実際、僕は人が変りましたよ。先生、僕たちはたしかに間違っていたのです」

意外な苦しい話になった。

二

菊屋というのは、高円寺の、以前僕がよく君たちと一緒に飲みに行っていたおでんやの名前だった。その頃から既に、日本では酒が足りなくなっていて、僕が君たちと飲んで文学を談ずるのに甚だ不自由を感じはじめていた。あの頃、僕の三鷹の小さい家に、実にたくさんの大学生が遊びに来ていた。僕は自分の悲しみや怒りや恥を、たいてい小説で表現してしまっているので、その上、訪問客に対してあらたまって言いたい事も無かった。しかしまた、きざに大先生気取りして神妙そうな文学概論なども言いたくないし、一つ一つ言葉を選んで法螺で無い事ばかり言おうとすると、いやに疲れてしまうし、そうかと言って玄関払いは絶対に出来ないたちだし、結局、君たちをそそのかして酒を飲みに飛び出すという事になってしまうのである。酒を飲むと、僕は非常にくだらない事でも、大声で言えるようになる。そうして、それを聞いている君たちもまた大いに酔っているのだから、あまり僕の話に耳を傾けていないという安心もある。僕は、君たちから僕のつまらぬ一言一句を信頼されるのを恐れていたのかも知れない。ところが、日本にはだんだん酒が無くなって来たので、その臆病な馬鹿先生は甚だ窮したというわけなのだ。その時にあたり、僕たちは、実によからぬ一つの悪計をたくらんだのである。岡野金右衛門の色仕掛けというのが、すなわちそれであった。菊屋にはその頃、他の店に比べて酒が豊富にあったようである。しかし、一人にお銚子二本ずつと定められていた。二本では足りないので、おかみさんの義侠心に訴えて、さらに一本を懇願しても、顔をしかめるばかりで相手にしない。さらに愁訴すると、奥から親爺が顔を出して、さあさあ皆さん帰りなさい、いまは日本では酒の製造量が半分以下になっているのです。貴重なものです。いったい学生には酒を飲ませない事に私どもではきめているのですがね、と興覚めな事を言う。よろしい、それならば、と僕たちはこの不人情のおでんやに対して、或る種の悪計をたくらんだのだった。

まず僕が、或る日の午後、まだおでんやが店をあけていない時に、その店の裏口から真面目くさってはいって行った。

「おじさん、いるかい」と僕は、台所で働いている娘さんに声をかけた。この娘さんは既に女学校を卒業している。十九くらいではなかったかしら。内気そうな娘さんで、すぐ顔を赤くする。

「おります」と小さい声で言って、もう顔を真赤にしている。

「おばさんは？」

「おります」

「そう。それはちょうどいい。二階か？」

「ええ」

「ちょっと用があるんだけどな。呼んでくれないか。おじさんでも、おばさんでも、どっちでもいい」

娘さんは二階へ行き、やがて、おじさんが糞まじめな顔をして二階から降りて来た。悪党のような顔をしている。

「用事ってのは、酒だろう」と言う。

僕はたじろいだが、しかし、気を取り直し、

「うん、飲ませてくれるなら、いつだって飲むがね。しかし、ちょっとおじさん、話があるんだ。店のほうへ来ないか？」

僕は薄暗い店のほうにおじさんをおびき寄せた。

あれは昭和十六年の暮であったか、昭和十七年の正月であったか、とにかく、冬であったのはたしかで、僕は店のこわれかかった椅子に腰をおろし、トンビの袖をはねてテーブルに頬杖をつき、

「まあ、あなたもお坐り。悪い話じゃない」

おじさんは、渋々、僕と向い合った椅子に腰をおろして、

「結局は、酒さ」とぶあいそな顔で言った。

僕は、見破られたかと、ぎょっとしたが、ごまかし笑いをして、

「信用が無いようだね。それじゃ、よそうかな。マサちゃん（娘の名）の縁談なんだけどね」

「だめ、だめ。そんな手にゃ乗らん。何のかのと言って、それから、酒さ」

実に、手剛い。僕たちの悪計もまさに水泡に帰するかの如くに見えた。

「そんなにはっきり言うなよ。残酷じゃないか。そりゃどうせ僕たちは、酒を飲ませていただきたいよ。そりゃそうさ」と僕は、ほとんど破れかぶれになり、「しかし、僕の見るところでは、あのマサちゃんは、おじさんに似合わず、全く似合わず、いい子だよ。それでね、僕の友人でいま東京の帝大の文科にはいっている鶴田君、と言ってもおじさんにはわからないだろうが、ほら、僕がいつも引っぱって来る大学生の中で一ばん背が高くて色の白い、羽左衛門に似た（別に僕は君が羽左衛門にも誰にも似ているとは思わないが、美男子という事を強調するために、おじさんの知っていそうな美男の典型人の名前を挙げてみただけである）そんなに酒を飲まない（その実、僕のところへ来る大学生のうちで君が一ばんの大酒飲みであった）おとなしそうな青年が、その鶴田君なんだがね、あれは仙台の人でね、少し言葉に仙台なまりがあるからあまり女には好かれないようだけれど、まあ、

かえってそのほうがいい。僕のように好かれすぎても困る」。

　おじさんは、うんざりしたように顔をしかめたが、僕は平気で、

「その鶴田君だがね、母ひとり子ひとりなんだ。もうすぐ帝大を卒業して、まあ文学士という事になるわけだが、或いは卒業と同時に兵隊に行くかも知れん。しかし、また、行かないかも知れん。行かない場合は、どこかで勤めるという事になるだろうが（この辺までは本当だが、それからみんな嘘）、僕は鶴田君のお母さんと昔からの知合いでね、僕のようなものでも、これでも、まあ、信頼されているのだ。それでね、ひとり息子の鶴田君の嫁は、何とかして先生に、僕の事だよ先生というのは、その先生に捜してもらいたいと、本当だよ、つまり僕はその全権を委任されているような次第なのだ」

　しかし、かのおじさんは、いかにも馬鹿々々しいというような顔つきをして横を向き、

「冗談じゃない。あんたに、そんな大事な息子さんを」と言い、てんで相手にしてくれない。

「いや、そうじゃない。まかせられているのだ」と僕は厚かましく言い張り、「ところで、どうだろう。その鶴田君と、マサちゃんと」。言いかけた時に、おじさんは、

「馬鹿らしい」と言って立ち上り、「まるで気違いだ」。

　さすがに僕もむっとして、奥へ引き上げて行くおじさんのうしろ姿に向い、

「君は、ひとの親切がわからん人だね。酒なんか飲みたかねえよ。ばかものめ」と言った。まさに、めちゃ苦茶である。これで僕たちの、れいの悪計も台無しになったというわけであった。

僕は、その夜、僕の家へ遊びにやって来た君たちに向って、われらの密計ことごとく破れ果てた事を報告し、謝罪した。けだし、僕たちの策戦たるや、かの吉良邸の絵図面を盗まんとして四十七士中の第一の美男たる岡野金右衛門が、色仕掛けの苦肉の策を用いて成功したという故智にならい、美男と自称する君にその岡野の役を押しつけ、かの菊屋一家を迷わせて、そのドサクサにまぎれ、大いに菊屋の酒を飲もうという悪い量見から出たところのものであったが、首領の大石が、ヘマを演じてかの現実主義者のおじさんのために木っ葉みじんの目に遭ったというわけであった。

「だめだなあ、先生は」と君はさかんに僕を軽蔑する。「先生はとにかく、それでは僕の面目までまるつぶれだ。何の見るべきところも無い」

「やけ酒でも飲むか」と僕は立ち上る。

その夜は、三鷹、吉祥寺のおでんや、すし屋、カフェなど、あちこちうろついて頼んでみても、どこにも酒が一滴も無かった。やはり、菊屋に行くより他は無い。少からず、てれくさい思いであったが、暴虎馮河というような、すさんだ勢いで、菊屋へ押しかけ、にこりともせず酒をたのんだ。

その夜、僕たちはおかみさんから意外の厚遇を賜わった。困るわねえ、などと言いながらも、そっとお銚子をかえてくれる。われら破れかぶれの討入の義士たちは、顔を見合せて、苦笑した。

僕はわざと大声で、

「鶴田君！　君は、ふだんからどうも、酒も何も飲まず、まじめ過ぎるよ。今夜は、ひとつ飲んでみたまえ。これもまた人生修行の一つだ」などと、大酒飲みの君に向って言う。

馬鹿らしい事であったが、しかし、あれも今ではなつかしい思い出になった。僕たちは、図に乗って、それからも、しばしば菊屋を襲って大酒を飲んだ。

菊屋のおじさんは、てんでもう、縁談なんて信用していないふうであったが、しかし、おかみさんは、どうやら、半信半疑ぐらいの傾きを示していたようであった。

けれども僕たちの目的は、菊屋に於いて大いに酒を飲む事にある。従ってその縁談に於いては甚だ不熱心であり、時たま失念していたりする始末であった。菊屋へ行ってお酒をねだる時だけ、

「何せ僕は、全権を委託されているのだからなあ。僕の責任たるや、軽くないわけだよ」

などと、とってつけたように、思わせぶりの感慨をもらし、以ておかみさんの心の動揺

を企図したものだが、しかし、そのいつわりの縁談はそれ以上、具体化する事も無く、そのうちに君は、卒業と同時に仙台の部隊に入営して、岡野がいなくては、いかに大石、智略にたけたりとも、もはや菊屋から酒を引き出す口実に窮し、またじっさい菊屋に於いても、酒が次第に少くなって休業の日が続き、僕は、またまた別な酒の店を捜し出さなければならなくなって、君と別れて以後は、ほんの数えるほどしか菊屋に行った事は無く、そうして、やがて全く御無沙汰という形になった。

もう、それで、おしまいとばかり僕は思っていたのだが、それから一年経ち、あの上野公園の茶店で、僕たちはもうこれが永遠のわかれになるかも知れないそのおわかれの盃をくみかわし、突然そこに菊屋の話が飛び出たので、僕はぎょっとしたのだ。

その日の、君の物語るところに依れば、君が入営して一週間目くらいに、もうはや菊川マサ子からの手紙が、君を見舞ったという。そう言えば、君の去った後、僕が他の学生たちと菊屋に飲みに行き、その時、おかみさんに君の部隊のアドレスなんかを、聞かれもせぬのに、ただただお酒をさらに一本飲みたいばかりに、紙に書いて教えてやった覚えがある。

君はその手紙には返事を出さずにいた。するとまた、十日くらい経って、さらに優しいお見舞いの言葉を書きつらねた手紙が来る。君もこんどは返事を出した。折りかえし、向うから、さらにまた優しいお見舞い。つまり、君たちは、いつのまにやら、苦しい仲になってしまっていた。

「白状しますとね」と君は、その日、上野公園の茶店でさかんにウイスキーをあおりながら、「僕は、はじめから、あの人を好きだったのですよ。岡野金右衛門だの何だの、そんなつまらない策略からではなく、僕は、はじめから、あの人となら本当に結婚してもいいと思っていたのですよ。でも、それを先生に言うと、先生に軽蔑されやしないかと思って、黙っていたのですがね」。

「軽蔑なんか、しやしないさ」。僕は、なぜだか、ひどく憂鬱な気持であった。

「軽蔑するにきまっていますよ。先生はもう、ひとの恋愛なんか、いつでも頭から茶化してしまうのだから。菊屋の、ほら、あの娘も、二人がこんな手紙を交換している事を、先生にだけは知らせたくない、と手紙に書いて寄こしたこともあって、僕もそれに賛成して、それでいままで、この事は先生には絶対秘密という事になっていたのですが、しかし、僕もこんど戦地へ行って、たいていまあ死ぬという事になるだろうし、ずいぶん考えました。はんもんしたんだ。そうして僕は、あの娘に対して、やっぱり、ノーと言わなければならぬ立場なのだと悟ったのです。ノーと言うのは、つらいですよ。僕は、しかし、最後の手紙に、ノーと言った。心を鬼にして、ノーと言ったんだ。先生、僕は人が変りましたよ。

冷酷無残の手紙を書いて出しました。きのうあたり、あの娘の手許にとどいている筈ですが、僕はその手紙に、そもそものはじめから、つまり、僕たちのれいの悪計の事から、全部あらいざらい書いて送ってやったのです。第一歩から、この恋愛は、ふまじめなものだった。うらむなら、先生を恨め、と」

「でも、それはひどいじゃないか」

「まさか、そんな、先生を恨め、とは書きませんが、この恋愛は、はじめから終りまで、でたらめだったのだと書いてやりました」

「しかし、そんな極端ないじめ方をしちゃ、可哀想だ」

「いいえ、でも、それほどまでに強く書かなくちゃ駄目なんです。彼女は、彼女は僕の帰還を何年でも待つ、と言って寄こしているのですから」

「悪かった、悪かった」。ほかに言いようの無い気持だった。

三

ささやかな事件かも知れない。しかし、この事件が、当時も、またいまも、僕をどんなに苦しめているかわからない。すべて、僕の責任である。僕は、あの日、君と別れて、その帰りみち、高円寺の菊屋に立ち寄った。実にもう、一年振りくらいの訪問であった。表の戸は、しまっている。裏へ廻ったが、台所の戸も、しまっている。

「菊屋さん、菊屋さん」と呼んだが、何の返事も無い。

あきらめて家へ帰った。しかし、どうにも気がかりだ。僕はそれから十日ほど経って、また高円寺へ行ってみた。こんどは、表の戸が雑作なくあいた。けれども、中には、見た事も無い老婆がひとりいただけであった。

「あの、おじさんは？」

「菊川さんか？」

「ええ」

「四、五日前、皆さん田舎のほうへ、引き上げて行きました」

「前から、そんな話があったのですか？」

「いいえ、急にね。荷物も大部分まだここに置いてあります。わたしは、そのお留守番みたいなもので」

「田舎は、どこです」

「埼玉のほうだとか言っていました」

「そう」

彼等のあわただしい移住は、それは何も僕たちに関係した事では無いかも知れないけれども、しかし、君のその「ノー」の手紙が、僕と君が上野公園で別盃をくみかわしたあの日の前後に着いたとしたら、この菊屋一家の移住は、それから四、五日後に行われた事になる。何だか、そこに、幽かでも障子の鳥影のように、かすめて通り過ぎる気がかりのものが感じられて、僕はいよいよ憂鬱になるばかりであった。

それから半年ほども経ったろうか、戦地の君から飛行郵便が来た。君は南方の或る島にいるらしい。その手紙には、別に菊屋の事は書いてなかった。千早城の正成になるつもりだなどと書かれているだけであった。僕はすぐに返事を書き、正成に菊水の旗を送りたいが、しかし、君には、菊水の旗よりも、菊川の旗がお気に召すように思われる。しかし、その菊川も、その後の様子不明で困っている。わかり次第、後便でお知らせする、と言ってやったが、どうにも、彼等一家の様子をさぐる手段は無かった。それからも僕は、君に手紙を書き、また雑誌なども送ってやったが、君からの返事は、ぱったり無くなった。そのうちに、れいの空襲がはじまり、内地も戦場になって来た。僕は二度も罹災して、とう、故郷の津軽の家の居候という事になり、毎日、浮かぬ気持で暮している。君は未だに帰還した様子も無い。帰還したら、きっと僕のところに、その知らせの手紙が君から来るだろうと思って待っているのだが、なんの音沙汰も無い。君たち全部が元気で帰還しないうちは、僕は酒を飲んでも、まるで酔えない気持である。自分だけ生き残って、酒を飲んでいたって、ばからしい。ひょっとしたら、僕はもう、酒をよす事になるかも知れぬ。

（「潮流」昭和二一年五月）

月島わたり

三好達治

歳晩の一日、ただ今しきりに雪が降っている。炬燵の上に色刷りの東京地図をひろげて私は先ほどからもう二時間もそれを眺めている。その間に二度ばかり来訪者があったがそこそこに謝して帰ってもらった。私は地図を見ることにもようやく倦もうとして、何がなし名状しがたい気持に己れが先刻から沈みこんでいるのをさとった。——震災後一年余りの後私ははじめて上京して雑司ケ谷の墓地の近くに落ちついた。その後本郷、麻布に移り大森に引越した。ただ今の葛飾区高砂町というのにも暫く暮したことがある。荻窪にも東中野にも下宿をした。四谷では某家に寄寓をゆるされたこともあるし、音羽のあたりに暫く住居をもったこともある。そんな風に転々とした跡が地図を見ていると次々に眼にとまって、その地とその時と、当時交渉が繁くてやがて疎くなった誰彼の姿とが交々眼に泛んで霎時に交替するのが、実は一種の魅力でもありまたそれにつれて捉えようのない侘しい寂寞の感が輻輳し縺れあいつつ交替するのが、いつまでもこの一葉の地図の上に私の眼をつなぎとめて放たない。地図は私にとっては空間の縮図である上に永い間の彷徨——貧乏暮しの縮図でもあって、そこにはもう今では私のみのものであって人に語るすべもない記憶がしまいこまれている。

炬燵の上にひろげられた東京の街衢は、たまたま雪の日に私をしてこのような思いに耽らしめるが、さてしかし住居を出て現実に眼にふれる焼跡のその街々は、殆んどもう私をそのような回顧癖に誘う陰翳面影をとどめていない。陰翳面影をとどめていないのは、実は私の胸中の方もおおかたそうであって、これもまた焼夷弾に焼き払われた焼跡のように何か磊々として殺風景に冬枯れているのを覚える。人の心というものも案外に変り易いものであるのを、近頃の私は容易に承認するだろう。そうしてそれは私一個に就てのみではない。激しく沸きかえる釜中に在るような都会生活では、環境の変化は即ち必ず何がしかずつ心理の変化であって、その変化はどのような速度でどのような程度にまで遂行されるものだろうか、私はそれを一応検分したりまたその自然なり行きを推測したり、私の眼の及ぶかぎりのところを私なりに見さだめておきたいような考えを何時とはなしに抱いている。

昔私の宅へつれて来られた田舎出の小僧は、その日街角のポストへ葉書を出しにいった帰りに荷車に足を轢かれて泣きながら戻ってきた。私が中学へ上るようになってから、私の同級生の一人は市内電車に足首を轢かれてそれがもとでなくなった。この二つの交通事故を私は時たま想い起すのであるが、今日から考えると、何だか滑稽なような出来事である。その頃はそういう椿事がよく持上った。まだ電車の前には救助網が取附けられていた時分である。都会生活者の運動神経速度感覚というものは、危険に脅かされてずいぶんと変化をとげたのが事実である。世間の変化はそういうところからも起るのであって、服装、流行、対人感覚、用語、文字、それらも絶えず日常交通機関の影響から何がしかの支配を受けているだろう。

都電というものはずいぶんのろまっちい乗物になってしまった。その上その混雑にも辟易してひと頃はいささか軽蔑気味で私はこれに親しむことをしなかったが、バス、タクシーの不便な当節、やはりこれがなかなか重宝でありがたい場合が多い。のろまっちいから乗心地ものんびりとしていて、つい窓外のものに眼をうつして折々の感興を覚えるようなことさえある。虎屋という羊羹屋の壁の墜ちた建物のぽつんと焼残っているのを見出したのもその窓からであったし、麻布六本木に至誠堂という書店のこれはバラックでやはり店を出しているのを見かけたのもその窓からであった。半蔵門、三宅坂、桜田門のあたりを過ぎる度にいつも見るお濠端をいつも美しく眺めるのは変りがない。秋には曼珠沙華がところどころ眼を射るように咲いていたが、あれは以前にもそうであったか記憶がない。

電車の窓からこんな風に見物をしていていつも異様な感を覚えるのは、そこらの丘の上崖の上に焼残りになった鳥居のそれだけぽつんと空に突っ立っている姿である。それが意外に数の多いことである。いずれ徳川期以来の遺物であろうが、戦災を蒙って裸になった街衢のそこここにそれがそれだけの姿で露わになってみると、なにか原始的なその形が奇妙に眼を欹たしめるとともに、先ほどもいったように夥だしいその数をふだんは裏みかくしていた日本の街、東京もその一つである日本の街が何だか世間離れのした異様な集団のように感ぜられるのが、近頃屢々私の注意を惹く。日本は古国だから民間にひろくそのような宗教的遺風のゆき渡っているのは当然のことであってあやしむにもあたらないが、それならそれで大同小異のそれらのものが一まとめに整理をされ集約される機運なり機会なりのなかったのは、それがまたそれの一つの特徴であってやはりおかしい。美学者のタウトは、鳥居を単純化の比率の美しい建物だという。単純化の比率の美しい建物が、無数にいつまでも孤立をして限られた地域の都市内に於てさえもいっこうに綜合的形式的単純化の方向にむかおうとはしない精神の、敬虔な精神的象徴であるというのは、これもまた考えてみるとやはりおかしい。タウトは異国者の好奇の眼であれを美しい建物と認めたであろうが、私は何時如何なる機会に於てもあの建物を美しく眺めた経験がない。ただに焼跡の丘の上にそれを眺める場合に就てだけいうのではない。それは私にとっては、ある思想美意識の単純化の比率の上で象徴的に美しい建物などではなく、ただ単に単純素朴な何かのように眺められるのが第一感であり、それだけである。だからそれらが東京の焼跡にぽつんぽつんと突っ立っているのを見るのは、簡単にいうと私には甚だ不躾な異様な見ものの感じを伴うのみであって、まずそれがすべてである。

そのような奇異な突兀とした華表と共にまた屢々車中の私の眼を惹くものは、東京都内到るところに散在している無数の小墓地である。寺院の煉塀にかくされていたそれらの塋域が思いがけない家並の間にさみしくうす暗く、今は囲みを失って露骨に参差とした墓標を示している。そのすぐ隣りに鶏小舎があって、おしめが翻っているという具合である。小墓地の整理ということはどういう具合に捗どっているのか事情に通じないが、ともあれこれが敗戦風景の現実であって、良きにも悪しきにも別段さし当って手だてはあるまい。寺院や社祠のこのようにいつまでも焼けっ放しで復興にとり残され勝ちな形でいるのは、それはまあそれでいいので、それがその掛値のない内容のほどにもふさわしいから形勢は自然である、無理な力瘤は入れぬがよろしかろう。と私はひそかに考えていると、また一方では、先ほどの虎屋のつい先の何がし稲荷というようなものが、趣味の悪いでこでことした立派な（?）建築を起している。虎の門のあたりには何がし万人講という風のものが、よしず囲いの普請場をもっているのが法外な規模で人の眼をそばだたしめる。箱根や熱海に宏壮な別荘を買占める某々教団の如きが横行する時世だから、都内にこれ位のものの芽をふくのもやむをえまい、と考えてみてもやはり怪訝な現象である。小学校は屋舎が不足し、上野の地下道に凍死者が出、戦災孤児は不完全なぼろ収容所から常に脱走を企てている、――からお稲荷さまと同心講とは盛行するのであろうか。論理はどう辻褄があうのであろう、私には納得の手がかりはないが、ともあれそこには得体のしれない不思議な建物が完成しつつあるのを見る。

用たしに出るのに私がいつも乗りつけの電車は月島ゆきというのである。月島とは洒落た文字であるが、要するに実は新規埋立地の築島というのをもじったままでの仮字で、それが殺風景な河口のデルタにすぎないのは私も承知をしている。いつぞや戦争のまだ初期の頃そこの石川島造船所に用件があって招かれていったことがあった。それよりも更に十数年以前小説家の伊藤整君と一緒にあの辺をほっつき歩いたことがある。伊藤君はその頃詩集『雪あかりの道』を出したばかりで、まだ今日のような小説家ではなかった。はるばる北海道から出かけて来たのが何か工面の悪い理由でもあったのだろう、すぐにまた引きかえすというので、まだほんの初対面の彼と、彼の友人を訪ねてそんな殺風景な界隈をうろつき廻ったのを忘れない。『雪あかりの道』はいい詩集であった、その著者は雪あかりを肩に負ったような白面の好青年であった、私ども人生の不案内者はそれでも何か用件に駆られて不案内な土地をうろつき廻ったのであろう、それはもう記憶にない。ただ私は電車の行先きの「月島」の文字を見ると、心のどこかであの遠い寂寞とした日を想い起しているらしいような感じを覚えた。それは一種かすかにむず痒いような感じでもあったから、この度は何の用件もなく一度あの辺をひとりでぶらついてみようと思い思いしていたのをつい先日果した。

電車が勝鬨橋の袂で折返しになったのは、開橋の時刻で跳ね橋が跳ね上っていたからである。進駐軍の若い兵士をまじえた一かたまりの人数が、欄干に倚りかかって閉橋を待合わしながら、水面に眼を落したり、上流下流の遠方の方を見渡したり、或はほどよい角度で跳ね上った橋面の意外な構図をふり仰いだり、踏切りの待合せよりはいささか興ありげに何がなしざわめいている、そんな仲間に私もやがて加って、私もまた人々のするところにおのずから倣いながら時を過した。大河の上に出た気持はいつもながら広闊として悪くなかった。遠く永代橋が靄の中に没して模糊として見えるのは、さすがに大都会らしい景観でなかなかいい。大川端趣味というのは私などの与り知らぬところだが、昭和二十四年歳晩の荒び果てた今日にあっても、うち見たところ水量の豊かな隅田川は何か頼もしげで

なかなかいいではないか。私蔵の幸田露伴書に、

金龍山畔江月浮　江揺月湧金龍流
扁舟不住天如水　両岸秋風下二州

というのは詩は服部南郭の作である。前二句の地口めいたのはともかくとして、後二句は江上に舟を泛べて名月を賞したさまであろう、当夜の景趣と情懐とが彷彿として察せられる、——とはいっても私は勝鬨の橋上でこの詩を思い浮べていたのではない、両岸ノ秋風二州ヲ下ル、というような境地はもはや今日の隅田川に於ては到底聯想がむつかしかろう。私は橋上にあってただせっかく開放された水路を通過する船舶を待ちもうける気持のみしきりであったが、たまたま上流から下ってくる小さなランチくらいのぽんぽん船一隻と、船脚ののろい一聯の曳船とを見かけたのみで、遡航をしてくるものは一隻もなかった。ポンポン船と曳船とはいずれも身丈の低い小船で大袈裟な開橋を必要としなかったであろう。見渡したところ、隅田川は上流下流ともに極めて閑散であった。吾妻橋で黒鯛が釣れるというのは、今日もなおそうであろうか。

橋を渡ると街の様子が潮ざれた感じに一変する。試みに享保壬子の『江戸砂子温故誌』というのを見ると、

○石川嶋　はなれ嶋也石川八左衛門居やしき也

○佃嶋　石川嶋にならびこれもはなれ嶋也皆漁師也　むかし摂津の国佃の漁猟の者来り栖む　今に御膳の魚を上る　しら魚の名物也

とあって「方角略図」の方には波浪の間にぽっちりと小島が二つ並んでいる。今日の月島は両島を併せて面積は幾十倍にも拡大されているであろうが、要するにデルタの埋立地で、街割りが直線図形に劃然としているのがもの淋しい。都電の月島通八丁目から海の方へ出る道は大通りだが、路上は子供の遊び場で、女の子たちまでまじって幾組も自転車の稽古をしている。歩道には鶏籠が伏せてある。突っかえの干場におしめが干してある。こんな時間に所用ありげにそこを行くのは私一人で、どこの家でも二階の窓に蒲団を持出して冬日に曝してあるのが申合せたような具合で、ささやかな物売る店もすぐに尽きた。

そのとっ先は唯今なお作業中の埋立地で、「公共事業」の立札にはこんな風に記されている。「事業名、月島三号地南面浚渫埋立並護岸築造工事。事業主体、東京都港湾部。施工主体、東亜港湾工業株式会社」日至同二十五年三月末日。事業主体、東京都港湾部。施工主体、東亜港湾工業株式会社」

——その施工主体であろう右と左に浚渫船が二隻、しきりにまっ白な蒸気をあげてま近に

作業中であった。折から視界は悪くお台場もはっきり見えない港内に、二十隻ばかりの泊船が半ばは靄の中に数えられた。いずれも外国船らしいのが影絵になって、どうもそれらが悉く巨船に見えてならなかった。こんなのも何がしコンプレックスというのであろう、と考えて眼を移したが、外には別段見るものもない。そこらに浮んでいる釣舟、鷗。禿頭の親爺が熱心にやっているキャッチボール。浜離宮の見当には木立のたたずまいが青く煙って見え、魚河岸の中央市場らしいのには何だか赤い旗が翻っている。そうしてその前にポンポン蒸汽が動いている。

大島通いの東海汽船、水上消防署、水産研究所、月島の南端にはそれらが一劃をなして寄合っている。女事務員や勤人らしい人影がちらほらするのはそのためであろう。A造船所はひっそりしている。それでもかすかにもの音をたてているので、いっそうひっそりとしてそれが聞える。場末らしい女剣劇のポスターがそこらの壁に眼につく。私は久しぶりに泥濁った海でも見たくて来たのだから、まずその目的は果した訳だが、何だか墓参にでも来たようなもの足りないあっけない心を懐いて、半端になった残りの時間をどうしようあてもなく踵をかえした。

石川島造船所と越中島の商船学校を前後にした月島北端の相生橋は、ま近に虹のような永代橋に対し、後ろ手には豊洲の方に架った晴海橋をやや遠く見渡して、めずらしく闊々とした水上の眺めをもった大橋である。あたりは例によってやや殺風景なとりとめもない地域であるのを惜しむが、往き来の船舶を見送っていてしばらくは眼の飽くのを知らないのんびりとした一種の風景であるのを知った。東京都の美観を考えうるような幸福な日が来るなら、このあたりに何とか意匠を加えてもらいたいような一劃である。

この稿をここまで書きつづけた数日後一月九日附の朝刊紙の一二に「東洋一の貿易港東京」という風な三面トップ記事のやや大袈裟な見出しが眼にとまった。「新年の都民に贈る東京都の希望の一つ、東京港の復興、この復興計画は工費百億円を見込んで二十三年度から着工、五ケ年後の昭和二十八年度完成の予定となっている云々」と記事は始って、現在の港内水深最深部七・六米を九米に浚渫し、一万噸級大型船舶の航行繋船を自由にする埠頭計画が幾つか数えあげられ、年間一千三百万噸の海運貨物を直接ここで取扱うことになると、横浜、東京間の運賃節約が年間十億円に上る計算、その十億円をやりくりして、出来れば水域の未開地四百万坪を埋立て、一坪三千円見当の埋立地を五千円程度に分譲し、倉庫地帯、工場地帯を建設して、ゆくゆくは鉄道も引込む計画が語られている。計画の主体は、——運輸省で準備中の港湾法が通過すれば、東京港は今まで京浜港に包含されていた港湾行政から離れて、文字通り都自身の東京港として独立、運営管理されるだろうというので、安井知事も相当な力瘤の入れ方だと語られている。何だか少しうますぎるような話であるが、新年早々たいへん耳寄りな話である。計画の前にたじろぐことは無用だから、せっかく力瘤を入れて貰いたいものである。私も都民の一人として、昭和二十八年を待つことにしよう。

さてこの記事を読んだ翌々朝、十一日附の朝刊には、また次のような記事が出ていた。「お台場の東水園今日閉鎖」とあって、いたいけな少年たちが卓を囲んで無心に饂飩を啜っている写真が出ている。「三十二名の園児たちは、泳ぎに釣りに尽きない思出のお台場をくまなく歩き廻った後、特に三杯ずつ出された饂飩を先生のお給仕で御馳走になり、夜は合唱会を開いて、一年半の懐しい生活に幕を閉じた」と記事は些か美文調だが、要するに「キティ颱風被害の復旧費三十万円の予算が立たず」浮浪児収容所を閉鎖するというのである。先の靉靆《あいたい》とした靄の奥、芝浦寄りの第一お台場に、そのような収容所の在ったことを私はこの時はじめて知った。

（「芸術新潮」昭和二五年二月号）

解説

長山靖生

東京は奥深い街だ。そもそも地形的に多様な顔を持っているうえに、その佇まいは日々姿を改め、また見る人や時刻によっても変化する。

東京には大きく分ければ二つの顔がある。ひとつは江戸っ子の故郷としての東京。もうひとつは中央集権国家・近代日本の首都（戦前の言葉でいえば帝都）としての東京。さらに後者には、新政府の高官ら支配層として東京に入った人々の、いわば「自分たちが設計する東京」と、地方から学生や労働者として上京してきた人々の「憧れの東京」が交錯する。町人と武家の居住区分を引き継ぐ下町と山ノ手の対比、その中間に位置する学生街や、海浜や周辺部に形作られた労働者街、郊外への延伸……という地域区分は、かなり入り乱れてあいまいになってはいるものの、おおまかには今も変わっていない。

帝都としての東京の発展は、新しさに惹かれる若者にとっては魅力である一方、東京（江戸）生まれの人々には、自分たちの街が違うものに作り替えられていく破壊行為と感じられる面があった。永井荷風はよく「私の稚時の古跡はもう影も形もなく」（「伝通院」）とか、「往昔の風致は遂に前代の絵画文学について見るの外全く想像しがたきもの」（「向嶋」）といった書き方をする。たしかに同じ大川端であっても、明治初頭と平成では景色は大きく変わった。また同時期の東京といっても、神楽坂と日本橋、根津と丸ノ内では、まるで時代が違っているかのような相違があった。それでも東京は坂の多い街であり、富士山も遠望され、谷中から道灌山、田端から飛鳥山、王子といった台地の連なりは夕焼の美しい土地でもあった。

地方出身者たちは、躍動する帝都・東京に憧れ、学生や商店・工場などの労働者として東京に集まった。女性の場合は家事見習いという形で家政婦となり、主家の紹介で嫁ぐ者もいた。兵役で近県などから東京の師団に集められた兵隊たちは、たまの休日には繁華街を賑わせ、除隊になっても田舎に帰りたがらなかった。そうした流入者が東京の発展、人口増加に拍車をかけた。だから現代の東京の文化には、元は他地域の習慣や伝統だったものもかなり混入している。東京ほど県人会や同郷会が盛んな土地はないだろう。

明治初頭から大正、昭和戦前、そして戦後までの、それぞれの時代、地域、立場から描かれた文豪たちの珠玉の作品を通して、東京という都市の多面的な魅力を俯瞰して頂けたらと思う。まずは基調作品として、夏目漱石と森鷗外の「東京小説」を掲げ、あとは概ね作中の年代順に配置した。

地方から上京してくる若者にとって夏目漱石の『三四郎』（「朝日新聞」明治四一年九月一日〜一二月二九日）は、今でもいちばん役に立つ東京案内だ。ここには最新の東京の路線図もお店案内もないが、東京という都市がどういう場所かが、どんな最新版の東京ガイドよりも的確に書かれている。本書に抄録したのは『三四郎』の（二）だが、ここでは三四郎が東京の目まぐるしさ、巨大さ、勢いのよさに目を見張り、田舎の濃厚で単純なそれとは異なる都会の人間関係に振り回されている。そしてこれから、その複雑怪奇さに戸惑いながらも魅了され、調子のいい友人に乗せられたり、都会の女性に淡い思いを抱いたりしながら、次第に馴染んでいくことになるのである。

同じように、発展し続ける明治の東京を舞台にしているものの、そのありさまを建設する側から眺めたのが森鷗外の「普請中」（「三田文学」明治四三年六月号）だ。鷗外は東京の現状を、欧米列強の都市に比べてまだまだ貧弱な、表だけ急ごしらえした書割的で不完全なものとして、忸怩たる感情で眺めていた。その不満と行政官衙側の人としての弁明が、この作品には表れている。なお『文豪と東京』というテーマなので、各作家の出身地と東京とのかかわりを中心に簡単に紹介しておきたい。

夏目漱石（一八六七〜一九一六）は牛込馬場下横町（後の新宿区喜久井町）に生まれた。

夏目家は江戸時代には高田馬場一帯を裁量する名主を務めた家柄で、喜久井町という町名は維新直後の市区改正時に、夏目家の家紋「井に菊」に因んで付けられたものだという。

一方、**森鷗外**（一八六二〜一九二二）は石見国鹿足郡津和野町田村に、津和野藩の典医を務める森家の嫡男として生まれた。幼い頃は同地の養老館で四書五経を学ぶ一方、オランダ語なども学んだが、明治五年の廃藩置県をきっかけに父に従って一〇歳で上京。親族で新政府高官の地位にあった西周に目をかけられ、第一大学区医学校予科に、入学年齢に達していないにもかかわらず合格して入学、一九歳で同本科（後の東京帝国大学医科大学）を卒業した。その後、軍医となってドイツに留学。以後、医学と文学の両方で大きな業績を残したが、衛生学者・医務官僚として東京の衛生行政にもたずさわった。

東京生まれの漱石が、上京青年の目から見た東京を描き、地方出身の鷗外が都市建設者側からの東京を描いているのも面白い。『こころ』の話者や先生も、地方のちょっとした旧家出身で、東京には学問のために上って来た人物だった。もっとも鷗外も、『青年』などで上京青年を描き、「雁」などでも東京を視覚的に巧みに描いてはいるが、都市の内面にまで踏み込んだ描写は少ない。

江戸が東京と改称されたのは明治元年七月、日本の首都と定められたのは翌年のことだった。それから百五十年、東京は日本の首都として発展してきた。しかし当初は、旧幕臣の彰義隊と新政府軍のあいだに上野戦争が起こるなどの騒乱があり、また諸大名が藩士共々一斉に領国に戻ったため人口が一挙に減り、衰亡の危機が囁かれた。「御江戸見たい奴は今のうちに見やれ、やがて野となる原となる」とすらいわれた。それでも横柄な武士の重しが取れた新時代の解放感も街には見られた。

そんな明治初頭の江戸／東京を活写したのが淡島寒月の「明治初年の東京」（「新日本」大正元年九月号）だ。

淡島寒月（一八五九～一九二六）は日本橋馬喰町に生まれた。生家は軽焼きの名店淡路屋で、父の椿岳は画家としても知られ、また通人としても名を馳せた人物で、生涯の愛妾一六〇人といわれた。寒月も好奇心旺盛な風流人に育ち、幕末維新の風潮の中で西洋への憧れを抱いて英語を勉強し、家に洋間を普請し、さらには頭髪を灰汁で染髪したという。明治初頭には「御一新」の自由で開放的な気風が漲り、髪を短くして男装する女性が登場するなど奇抜な装いも現れたが、カラーリングした若き日の寒月もその部類だったろう。寒月はアメリカに移民したいと真剣に考え、「外国に行くと日本のことを訊かれるだろう」という理由から日本文化について調べ始めた。それが本気で面白くなり、忘れられていた井原西鶴を再評価するなど、江戸文化、古物研究家になっていった。

「蒲団」や『田舎教師』などで知られる**田山花袋**（一八七二～一九三〇）は、栃木県邑楽郡館林町に生まれた。父の家系は元秋田藩士だった。明治九年に父が警視庁邏卒の職を得て一家で上京したが、西南戦争が勃発し、政府軍兵士として出征した父が戦死したため再び館林に戻った。その後、花袋は九歳で足利の商家に奉公にあがり、翌年に京橋区南伝馬町の有隣堂書店の丁稚に転じた。しかし仕事が続かず明治一五年に帰郷。その後、漢詩文や和歌、西洋文学にも親しみ、兄を頼って上京、明治二四年に尾崎紅葉に入門した。が、やがて硯友社を離れて自然主義文学に傾倒していった。また明治三七年に日露戦争が起こると従軍記者として大陸に渡り、博文館の雑誌に記事を送ったほか、紀行文を多く書いたことでも知られる。「東京の発展」は花袋の回想録『東京の三十年』（博文館、大正六年）からとった。明治一〇年代、二〇年代の東京が、一歩引いた視点から淡々と描かれている。

もともと東国の鄙だった江戸が徳川幕府の御膝元となった当初、江戸は水はけの悪い土地だった。それが湿地の埋立が行われ、水路や掘割、水道などが整えられていった。それでも元禄時代にはまだ上方が文化的には優位に立っており、上方からもたらされる高級商品が「下りもの」として尊重される一方、江戸近辺で作られたものは「くだらない」とされた。しかし江戸独自の文化や美意識や技術が培われるに従い、町人の反骨精神もあって「くだらない」諧謔を含んだ江戸文化が成熟していく。江戸っ子の喧嘩好きや気風の良さは、その表れだ。

露伴の「夜の隅田川」(「文芸界」明治三五年九月定期増刊号)にも、そうした江戸っ子気質が表れている。自らの力を頼りに、夜に他人の漁場を侵すという「暴挙」を、むしろ賞賛しているのも江戸っ子らしさのひとつなのだ。江戸の価値観である「粋」では意気地が大切で、時に理非よりも我を通す強さが重要視された。そこに優勝劣敗による淘汰の理屈をくっつけるところが、明治らしい。

幸田露伴(一八六七〜一九四七)は下谷三枚橋横町に生まれた。幸田家は幕臣で、大名の取次ぎを務める表御坊衆の家柄だった。露伴は東京師範学校付属小学校、東京府立第一中学校を経て東京英学校に進んだが中退。給費生として逓信省官立電信修技学校を出、電信技士として北海道余市に赴任したが、文学を志すようになり、明治二〇年に職を放棄して帰京した。『五重塔』などの小説のほか、独自の東京論を展開した『一国の首都』(明治三二)なども著した。

麗美な幻想小説で知られる**泉鏡花**(一八七三〜一九三九)は石川県金沢市下新町に生まれた。父は加賀藩細工方の系譜に属する象嵌細工・彫金の職人で、母方は同藩に仕える御手役者鼓方の家筋だった。母は明治一三年に次女の出産時に産褥熱のため逝去し、鏡花は美しくはかない母への追慕の念を抱きつつ成長した。ミッション系の北陸英和学校などで学んだあと、文学を志して明治二二年に上京し、二三年に馬込の尾崎紅葉宅を訪ねて入門、書生となった。そのあいだの約一年間、鏡花は麻布、神田、本郷、湯島などの友人の下宿を転々として暮らした。

紅葉の推薦により明治二六年にデビューし、二八年の「夜行巡査」「外科室」などで地歩を固めた。また明治二九年、『照葉狂言』を書いた頃、鏡花は小石川の大塚茗荷谷に住んでいた。明治三六年には、病気療養後に台所の手伝いに来ていた伊藤すずと同棲をはじめるが、二人が住んだのは牛込神楽坂の毘沙門裏だった。「山の手小景」（『柳筥』春陽堂、明治四二年四月）に描かれている矢来町は、鏡花の生活圏だった。また麴町下六番町、小石川戸崎町、牛込区南町、麴町土手三番町などに居住したこともある。そんな鏡花にはほかにも『葛飾砂子』をはじめ、「辰巳巷談」「三尺角」「通夜物語」「日本橋」「芍薬の歌」など多くの東京小説がある。

江戸／東京をめぐる小説や随筆の名手として、真っ先に思い出されるのは**永井荷風**（一八七九〜一九五九）だろう。「すみだ川」『新橋夜話』「監獄署の裏」「雨瀟瀟」「ひかげの花」『墨東綺譚』、また随筆『日和下駄』「銀座」「葛飾土産」、そして日記『断腸亭日乗』もまた、往時の東京を写した貴重な文芸的記録として名高い。荷風は小石川区金富町に、内務省の高級官吏永井久一郎の長男として生まれた。親族には和漢の学に優れた人が多く、荷風も幼少期から漢文や進学のための勉強を課せられた一方、母の影響で歌舞伎や邦楽にも親しみ、日本画も学んだ。中学卒業後、第一高等学校の入試に失敗。その後、高等商業学校（後の一橋大学）に進んだが中退した。アメリカ、フランスへの外遊の後、荷風は小説家として立ち、慶應義塾大学で教鞭をとった。荷風は山ノ手育ちだったが江戸の庶民文化にも詳しく、意識して下町で遊んだ。といっても回顧趣味一辺倒ではなく新奇なモダン風俗への好奇心も旺盛だった。料亭茶屋での遊びからカフェやダンスホールまで幅広く出入りし、洋楽洋食も好んだ。「深川の唄」（「趣味」明治四二年二月号）には、忙しない市電での庶民のありようが活写されている。市民を運ぶ市電の運転手が訛っているところが、東京という街が全国各地出身者の坩堝であることをリアルに示す。

芥川龍之介（一八九二〜一九二七）は京橋区入舟町に折原敏三、フクの長男として生まれたが、生後七か月の頃、母が精神に変調をきたしたため、母の実家である本所区小泉町の芥川家に預けられた。そして龍之介が一一歳の時に母が亡くなり、翌年、母の実兄芥川道章の養子となった。芥川家は将軍家に仕えて茶の湯などを担当した御数寄屋坊主の家系で、家内には江戸の文人趣味が色濃く残っていた。両国にあった府立三中を経て一高、東大と進み、大学在学中に同人誌、第三次「新思潮」を発行、さらに大正五年に第四次「新思潮」を出し、その創刊号に載せた「鼻」が漱石に認められた。「大川の水」（「心の花」大正三年四月号）は本所育ちの芥川らしい、隅田川への哀惜を率直に語った作品だ。

芥川作品が東京人らしい矜持と含羞を代表しているとしたら、谷崎潤一郎は東京への引き裂かれる感情を生涯抱き続けた作家といえる。**谷崎潤一郎**（一八八六～一九六五）は日本橋区蠣殻町に生まれた。祖父の谷崎久右衛門は一代で財を成した人物だったが、養子に入って跡を継いだ父は商才に乏しく、潤一郎が小学生だった頃には身代が傾き、進学もおぼつかなくなっていた。しかし学業成績の良い潤一郎の才を惜しんだ周囲の助力で、住込みの家庭教師などをしながら府立一中から、一高、東大へと進んだ。だがこの過程で潤一郎は、家族や周囲から誇りを傷つけられるような仕打ちを受け、また文学や享楽的生活に憧れて放蕩の味も知った。大学在学中に第二次「新思潮」を発行し、同誌に載せた「刺青」が荷風に激賞されて新進作家としての地歩を固め、独自の耽美的世界を切り開いていった。谷崎潤一郎「浅草公園」（「中央公論」大正七年九月号）は庶民にもモダンな風俗が浸透し、浅草を中心に映画やレビューなどのチープで新奇な娯楽が楽しまれていた時代の雰囲気を捉えている。

谷崎自身は関東大震災によって、多くの江戸情緒が失われた東京を離れて関西に移住し、食や生活文化の面でも上方好みを公言するようになったが、晩年には熱海に移り、『幼少時代』など自身の幼年時代や東京生活を回顧する作品を執筆した。若い頃の小説『鮫人』は川端康成の『浅草紅団』と並ぶモダニズム時代の東京を描いた名作だ。

寺田寅彦（一八七八～一九三五）は高知県士族寺田利正の長男として麴町区に生まれた。しかし明治一四年に祖母、母、姉と共に高知市に転居し、高知県尋常中学校を経て熊本の第五高等学校に進んだ。ここで英語教師として赴任した夏目漱石と出会い、俳句などの指導を受けた。明治三二年には東京帝国大学理科大学に入学して、田中館愛橘、長岡半太郎らの教えを受けた。漱石の『吾輩は猫である』の水島寒月、『三四郎』の野々宮宗八などの物理学徒は、寅彦をモデルにした面がある。

寺田寅彦の「銀座アルプス」（『中央公論』昭和八年二月号）は、明治二〇年前後から昭和初頭までの東京を経時的に俯瞰し、さらに約百年後に再び東京を襲うだろう大震災にも言及する。寅彦は物理学者として多くの業績を残し、また名随筆家として知られたが、地震学や防災にも熱心だった。関東大震災時、寅彦は某所の喫茶室にいたが、客たちがわれがちに逃げ惑う中、建物の構造上、この揺れ方なら大丈夫と判断して室内にとどまり、ある程度収まってから席を立った。しかし従業員も逃げてしまっていたため、仕方なく帳場にお金を置いて出たという。格言「天災は忘れた頃にやってくる」は、寅彦の講演会での発言が元になっている。

関東大震災については多くの作家が体験記や見聞録を残しているが、夢野久作の「大東京の残骸に漂う色と匂いと気分」（『九州日報』大正一二年九月一五～一七日）、「変わった銀座の姿」（「同」大正一二年九月三〇、一〇月一日）、「残骸の東京」（「同」大正一二年一〇月五日）は、いずれも通信記者の目からみた震災直後の東京の記録だ。なお後二篇は共に「焼跡細見記」の一部である。**夢野久作**（一八八九〜一九三六）は福岡の出身で、中学まで九州ですごしたのち、一年志願兵として近衛師団に入隊。除隊後の明治四四年に慶應義塾大学予科文学科に進んで歴史を専攻した。在学中に見習士官としての教練を受け陸軍少尉となっている。大正二年に父の要請で大学を中退して福岡に戻ったが、大正四年に九州を出て東京市本郷の喜福寺で得度を受け、奈良や京都、吉野で二年ほど仏門修行をした後、還俗して九州に戻り、「九州日報」（後の「西日本新聞」）の記者となっていた。久作は『ドグラ・マグラ』などの探偵小説で名を馳せる以前、童話などを書く一方、同紙の記者として『東京人の堕落時代』など多くの東京に関する記録を「外部」のまなざしから残している。だがその記述は煽情的で、一見すると東京に蔓延する享楽的な風俗を批判しているようでありながら、実は久作の文章自体が同時代のエロ・グロ・ナンセンスを体現していた。

ここからしばらくはモダニズム時代の東京を描いた作品が続く。この時期、私小説とはまた違った形で、小説とルポルタージュの中間のような作品が多く書かれた。シュルレアリスム絵画や芸術写真では頻りにコラージュが試みられたが、ルポとも小説とも随筆ともつかない小品群は、文芸における同様の試みだった。

新居格（一八八八～一九五一）は徳島に生まれ、東京帝国大学政治学科を卒業後、東京朝日新聞の記者を経て文筆家として独立した。政治的にはアナキズムに傾倒し、文芸では新興芸術派の一角を成し、やがて随筆で人気を博した。「或る舞踏場・素描」（「文学時代」昭和五年新年特大号）は当時盛んだったダンスホールのルポ。この頃、作家の多くも頻りにダンスをした。昭和五年七月に発行された雑誌「新科学的文藝」創刊号の雑報欄に、文士たちのダンスについての短評が出ているが、中河与一のダンスは「肩で風を切る」、川端康成は見ているだけで「踊らない」、吉行エイスケも「踊るごとくして踊らず」とあり、新居は「亀が立ち上がったようだ」で、踊るもののあまり上手ではなかったようだ。

下村千秋（一八九三～一九五五）は茨城県新治郡朝日村に生まれ、土浦中学校を経て早稲田大学英文科を卒業。読売新聞の記者となるが短期間で辞めて小説家となった。『天国の記録』などで社会の底辺に置かれた人々の姿を、プロレタリア文学とはまた違った視点から描き「ルンペン小説」と呼ばれた。「統計から覗いた暗黒街」（「文学時代」昭和五年新年特大号）は東京の各所にあった歓楽街などの娼婦を題材としている。吉行エイスケの「享楽百貨店」もそうだが、この時期の小説にはよく統計上の具体的数量が書き込まれている。これは文芸上のコラージュの試みだった。

一方、**堀辰雄**（一九〇四～五三）の「噴水のほとりで――」（「文藝春秋・臨時増刊オール讀物号」昭和五年七月）は、抒情的なエスプリの感じられる一篇。ここに登場するのは浅草の映画街、歓楽街に隣接する浅草公園の噴水だ。作中にある水族館の二階には榎本健一らによるレビューで人気のカジノ・フォーリーがあった。堀辰雄は下町育ちで、浅草も幼い頃から慣れ親しんでいたが、彼の筆は回顧的ではなく、エトランゼの視点から書かれている。堀辰雄が描く浅草や大川端は異国のような風情を湛えている。

尾崎士郎「丸ノ内」、**武田麟太郎**「映画街」は共に「文学時代」昭和六年五月号に掲載された。同誌は新興芸術派の拠点で、川端康成、堀辰雄、佐藤春夫らが執筆する一方、探偵小説も多く載せ、東京の先端風俗の紹介にも熱心だった。

『人生劇場』などで知られる尾崎士郎（一八九八～一九六四）は、愛知県幡豆郡横須賀村に生まれ、愛知県立第二中学校を経て早稲田大学政治学科に進んだが、在学中に社会主義運動にかかわり中退。堺利彦の売文社に参加したが、同社にいた高畠素之に共鳴して国家社会主義に傾倒した。作家としては時事新報社の懸賞小説で第二席となって注目され、第一席だった宇野千代と同棲、馬込文士村に住んだ。

武田麟太郎（一九〇四～四六）は大阪市南区日本橋筋東に生まれた。第三高等学校を経て東京帝国大学文学部仏文科に進んだが、在校中に文学活動のほか労働運動にも関与して中退。「暴力」などの作品でプロレタリア作家として注目されたが、やがて都市庶民の風俗を詩的なリアリズムで表現する手法を確立してモダニズム文学の旗手の一人となった。「享楽百貨店」(『モダンTOKIO円舞曲』春陽堂、昭和五年)の吉行エイスケもモダニズム文学の代表的作家だった。**吉行エイスケ**(一九〇六～四〇)は岡山県御津郡金川町草生に生まれた。県立第一岡山中学校に進んだものの、政治的にはアナキズム、文学的にはダダイズムに傾倒、東京へのあこがれを強めたこともあって四年時に中退すると上京し、一時は東京の目白中学校に籍を置いた。ダダイズム詩を発表する一方、まだ第一岡山高等女学校の生徒だった松本あぐりと結婚。あぐりは上京して美容師として修業し、昭和四年には市ヶ谷駅近くの五番町に山の手美容院(のち吉行あぐり美容室と改称)を開き、そのモダンな建物は、二人のモダンな生活と共に評判になった。

牧野信一(一八九六～一九三六)は神奈川県足柄下郡小田原町に生まれた。父は彼が幼い頃に単身アメリカに渡っており、不在の父への空想と、厳しい母への不満を抱えながら成長した。県立第二中学校を経て早稲田大学予科、同英文学科へと進んだ。卒業後、時事新報社の記者となり同社の雑誌に少年少女小説などを執筆。やがて私小説や身辺風景を幻想化した作品で人気を博した。しかし経済的には苦しく、東京と小田原を往還しながら安定した生活を求めた。「三田に来て」(「時事新報」昭和七年二月二〇～二二日)は昭和六年に芝区三田に移り住んだ頃の話で、牧野が幻想小説で注目されて意気軒高だった時期に当たる。この頃の東京生活を描いた作品に、ほかに「魚籃坂にて」などがある。

北村小松（一九〇一～六四）は青森県三戸郡八戸町生まれ。八戸中学校を経て慶應義塾大学英文科に進んだ。在学中から小山内薫に師事して劇作を学び、卒業後は松竹キネマに入社し脚本家として「街の人々」「マダムと女房」「撮影所ロマンス　恋愛案内」などにかかわった。その後、作家となり冒険小説や探偵小説で人気を得た。「新宿あたり」（「東京朝日新聞」昭和八年四月一四、一五日）は中央線や私鉄沿線などの発展に伴い、若い新興階級で賑わう歓楽街として発展した新宿の様子を伝えている。

小津安二郎「丸之内点景」（「東京朝日新聞」昭和八年四月二一日）も映画人による東京小話。小津安二郎（一九〇三～六三）は東京都深川区万年町に生まれた。生家は伊勢商人の名門「小津三家」のひとつ小津与右衛門の分家で新七家六代目だった。小津は深川の明治尋常小学校に入学したが、大正二年に一家が家祖の地である松坂に移ったため同地の小学校に転校、三重県立第四中学校を卒業した。親は彼に商業の道に進むことを望んだが、小学校の代用教員になり、その後、映画界を目指して上京、松竹の蒲田撮影所に入社した。小津といえば戦後の「東京物語」や「晩春」「麦秋」、そして「彼岸花」「秋刀魚の味」など小津調といわれる穏やかで心に染みる家族ドラマが有名だが、戦前の小津作品には「東京の女」「非常線の女」などモダンでスタイリッシュな作品が少なくない。「学生ロマンス若き日」は戦前版「私をスキーに連れてって」とでもいうべき（それを凌駕する）オシャレな作品だ。「丸之内点景」にも、そうした清々しい若さが満ちている。なお、小津監督は脚本家としても優れており、その故をもって本書に収録した。

『夏の花』などの原爆投下を扱った作品で知られる**原民喜**（一九〇五〜五一）は、若い頃は幻想的な詩や小品で知られる作家だった。原は広島県広島市幟町に生まれた。実家は陸海軍・官庁用達の縫製業を営んでおり、家内には文化的な雰囲気があったが、父は民喜が一一歳の時に亡くなった。民喜は広島高等師範学校付属中学を卒業後、慶應義塾大学予科、同英文科へと進んだ。この間、ロシア文学を耽読し、宇野浩二や室生犀星に傾倒、またフランスの象徴派やダダイズムにも関心を寄せた。左翼運動にも興味があった。卒業後は「三田文学」や「歴程」などに作品を発表。「飯田橋駅」は実質的には自費出版である『焰』（白水社、昭和一〇年）に収められている。飯田橋駅が持つ独特の開放的な明るさを的確に捉えている。

江戸川乱歩（一八九四〜一九六五）は三重県名賀郡名張町に生まれた。二歳の時、父の転勤に伴い三重県亀山町に、翌年には名古屋市に移る。愛知県立第五中学校を経て早稲田大学政治経済学部に進み、貿易会社社員、古本屋、飲食業など様々な職を転々とした後、大正一二年に「二銭銅貨」で探偵小説家として世に出た。乱歩は引っ越し好きで知られ、生涯に四六回の引っ越しをしたといわれるが、そのうち三〇回は東京市内での転居だった。「池袋三丁目に転居」は、終の棲家となった池袋に居を構えた時の話で、『探偵小説四十年』（桃源社、昭和三六年）から取った。池袋の邸宅には敷地内に土蔵がついており、乱歩はそこに資料などの蔵書を収めて私用図書館のようにして使っていたが、文中に見られる虫の話などはましな方で、怪奇趣味のある探偵小説で人気が高かったせいで、閉め切った土蔵の中で昼間も蠟燭を灯し、髑髏を眺めながら執筆している……などといった悪意とも宣伝惹句ともとれるデマを散々書かれた。

太宰治（一九〇九〜四八）は、青森県北津軽郡金木村に、県下有数の大地主の六男として生まれた。青森中学校、弘前高等学校を経て東京帝国大学文学部フランス文学科に進んだが、フランス語が全くできなかったため授業についていけなかった。その一方で、中学時代から文学に傾倒し、上京したら文壇に足がかりを得たいと切望していた彼は、在学中に井伏鱒二の弟子になり、のちには佐藤春夫にも師事した。また左翼活動にかかわったり、心中騒ぎを起こすなどして周囲を心配させながらも、それらを巧みに虚構化した作品で次第に人気を高めていった。故郷への愛着と嫌悪に引き裂かれる思いがあり、東京に対しても同化したいという願望と馴染み切れない気後れを感じていた。太宰治の東京小説といえば、「東京八景」がまず思い浮かぶが、あまりに有名なのでここでは敗戦直後の上野や吉祥寺、高円寺などが登場する「未帰還の友に」（「潮流」昭和二一年五月）を収録した。太宰には、悲しみもユーモアにまぶした韜晦で表現した作品が多いが、これは真摯な態度で貫かれた佳作だ。

『測量船』などで知られる詩人の**三好達治**（一九〇〇〜六四）は、大阪市西区横堀町に生まれた。生家は印刷業を営んでいたが、次第に傾き、市内を転々と移転するようなありさまだった。子供の頃の達治は心身ともにひ弱だったが、図書館で夏目漱石、徳冨蘆花、高山樗牛などを読み耽り、自己を確立していった。大阪府立市岡中学校から大阪陸軍地方幼年学校、陸軍士官学校へと進んだが、学校生活に不満を抱いて脱走し、退校処分となった。実家は窮乏していたが親族が学資を出してくれて、京都の第三高等学校から東京帝国大学文学部仏文科へと進んだ。若い頃は馬込文士村の域内に下宿し、その美しい夕日の眺めに感銘を受けた。また麻布区飯倉片町の梶井基次郎の止宿に入ってその転地療養の手伝いなどをし、その後もしばしば見舞いに訪れた。三好自身も喀血し、入院や上林温泉などでの療養生活の後、昭和一一年に小石川関口町に一家を構えた。「月島わたり」は「芸術新潮」昭和二五年二月号に載ったもので、『東京雑記』に収められた。月島は今ではもんじゃ焼きが名物の、懐かしい風情の残る下町として親しまれているが、明治中期から昭和にかけて埋立てされた新造成地だった。

いうまでもないことだが、東京を舞台にした小説はこれ以外にも数多く書かれている。本書には今では実際にその暮らしを体験した人も少なくなった戦後間もなくまでの作品を収めたが、それ以降も、例えば三島由紀夫の『青の時代』『鏡子の家』『音楽』『永すぎた春』『美しい星』『宴のあと』『豊饒の海』四部作などは、ほとんどが東京での出来事を扱っている。

探偵小説では江戸川乱歩、甲賀三郎、浜尾四郎ら多くの作家が戦前から東京を舞台にした作品を書いており、久生十蘭には『魔都』がある。現代ミステリでも警視庁の刑事が出てくる作品はすべて東京小説といえなくもない。なかには下町や山の手などの住人が探偵役として、それぞれの地域に密着した思考で事件を解決に導く作品もある。近年の作品でいえば小路幸也の『東京バンドワゴン』（平成一八）は東京下町の古本屋さんが事件にかかわり、東野圭吾『新参者』（平成二一）は人形町という街が意味を持っている。

しかし多くの男性作家は、東京を記号的な都市として扱っている感がある。例えば井上靖作品の多くでは、東京は〝会社のある都会〟という以外に大きな意味を持たず、三島由紀夫作品では、空間そのものよりも、その場を占めている特定の階級に焦点が当てられている。これに対して女性作家の作品には、東京の日常生活や光景が丹念に書き込まれた秀作が多い。

佐多稲子『私の東京地図』（昭和二四）は回想随筆だが、芥川や中野重治との出会いやプロレタリア文学運動について語るだけでなく、戦前の上野池之端や丸善の思い出、戦中戦後の東京光景を詳細に描いている。

幸田文は『流れる』（昭和三一）で柳橋の花柳界を内側から描き、芝木好子の『洲崎パラダイス』（昭和二九）は場末の歓楽街を描いて戦後日本の一面を伝えた。芝木にはほかに自伝的三部作である『湯葉』（昭和三五）、『隅田川』（昭和三六）、『丸の内八号館』（昭和三七）、さらに『葛飾の女』（昭和四一）、『隅田川暮色』（昭和五七～五八）などもある。

曽野綾子は『遠ざかる足音』（昭和四七）、『虚構の家』（昭和四九）などの作品で、山ノ手の上層中流家庭の空虚さを通して、東京生活の一面を浮き彫りにした。『虚構の家』は引きこもりや母原病を逸早く取り上げた作品（まだ「引きこもり」という言葉はなく、登校拒否への理解も薄い時代だった）として注目される。

しかし昭和四〇年前後には、地方を舞台にした作品に優れたものが多くみられた時代だったという印象がある。島尾敏雄『死の棘』（昭和三五）、福永武彦『廃市』（同）、梅崎春生『幻化』（昭和四〇）、武田泰淳『富士』（昭和四四）、そして中上健次の紀州三部作などだ。

この時期の青春型東京小説としては、大学での政治運動を背景にした一種の青春小説である柴田翔『されどわれらが日々―』（昭和三九）や庄司薫『赤頭巾ちゃん気をつけて』（昭和四四）が、広く読まれた。村上春樹の『ノルウェイの森』（昭和六二）もまた、こうした青春文学の延長上で書かれているといえるだろう。

倉橋由美子『聖少女』（昭和四〇）は反社会的な美意識を描いた物語だが、東京の地名や虚実取り混ぜた店名などが頻出するブランド小説でもあり、その点では田中康夫の『なんとなく、クリスタル』（昭和五五）に遥かに先行し、かつ凌駕していた。深沢七郎『東京のプリンスたち』（昭和三四）もロカビリーに熱中する青年たちを描いた異色青春譚だ。

ドルショックやオイルショックをはさみながらも成長を続けた七〇年代の東京は、ますます発展していく一方、小説では相対的に衰退しつつある地方や土俗的なものへの関心が高まり、東京の基層にもある日本的風土を「再発見」する動きもみられた。その一方で、東京を中心にアングラ演劇運動やサブ・カルチャーへの注目も高まり、次第に「都市」の魅力に対する新たな興味が若者を中心に広がっていった。後者を背景にして八〇年代に花開いたのが、村上春樹、島田雅彦、小林恭二、そして吉本ばななのポスト・モダン文学だ。

先行する世代では、日野啓三も都市を舞台に多くの作品を書いた。『夢の島』（昭和六〇）では東京の発展と表裏をなす多量の廃棄物に目を向け、巨大都市の陰影を描いた。作中、モダンで無機的な都市風景を愛し、自ら東京を象徴する高層ビルの設計に携わっていた男が自殺するに至るが、その上司と思しい男は弔辞のなかで、男の業績を讃えつつ、東京のさらなる発展を語る。ちなみに八〇年代日本のバブル景気は昭和六一年一二月にはじまり平成三年二月まで続くことになる。この小説はその直前に書かれていた。

また古井由吉の小説の多くも「東京小説」であり、随筆に『東京物語考』（昭和五九）などがある。アングラ演劇の雄である唐十郎は、回想的小説『下谷万年町物語』（昭和五六）を書いた。

バブル崩壊後は、都市の暗部や過去に目を向けたノスタルジックな作品が注目されるようになった。浅田次郎の『地下鉄《メトロ》に乗って』（平成六）は「現在」から昭和三九年、さらに昭和二五年の過去にタイムスリップを繰り返し、東京の光景に重ねて家族の歴史的絆を確認する物語だ。浅田には新宿を舞台にした『角筈にて』などの作品もある。また奥田英朗の『オリンピックの身代金』（平成一八）は東京オリンピックを控えた昭和三九年の東京が舞台だが、戦後復興の総仕上げの背後にある地方との格差に目が向けられている。リリー・フランキーの『東京タワー　オカンとボクと、時々、オトン』（平成一七）は著者の半自伝的な〝上京小説〟だ。

　こうした〝昭和ノスタルジー〟系の作品に対して、石田衣良は今現在の東京の若者に着目し続け、池袋の不良少年少女らの活躍を描く『池袋ウエストゲートパーク』（平成一〇）シリーズのほか、『アキハバラ＠ＤＥＥＰ』（平成一六）、『東京ＤＯＬＬ』（平成一七）、『下北サンデーズ』（平成一八）など、折々の潮流を取り入れた東京若者伝風の小説を多く書いている。

　一方、ポスト・モダン世代の島田雅彦は都市（東京）の周縁に目を向け、『忘れられた帝国』（平成七）などの〝郊外小説〟を書き、小林恭二は渋谷区猿楽町を舞台にした連作短編集『モンスターフルーツの熟れる時』（平成一三）で新たな都市幻想を描いて見せた。小林には、渋谷のスクランブル交差点での出会いを契機として、現代から歴史的過去に至る幻想譚『宇田川心中』（平成一六）などの作品もある。

　変化を続ける東京を舞台に、これからも魅力的な東京小説が生まれ続けるのだろう。

出典一覧（初出の紙誌は各作品の文末に明記）

夏目漱石「三四郎」・『漱石全集』第七巻（岩波書店、一九八〇　八刷）
森鷗外「普請中」・『鷗外全集』第七巻（岩波書店、一九七二）
淡島寒月「明治初年の東京」・『梵雲庵雑話』（岩波文庫、一九九九）
田山花袋「東京の発展」・『定本　花袋全集』第二一巻（臨川書店、一九九四）
幸田露伴「夜の隅田川」・『露伴全集』第二九巻（岩波書店、一九七九、三刷）
泉鏡花「山の手小景」・『鏡花全集』第二七巻（岩波書店、一九七六、二刷）
永井荷風「深川の唄」・『荷風全集』第四巻（岩波書店、一九六四）
芥川龍之介「大川の水」・『芥川龍之介全集』第一巻（岩波書店、一九七七）
谷崎潤一郎「浅草公園」・『谷崎潤一郎全集』第二二巻（中央公論社、一九六八）
寺田寅彦「銀座アルプス」・『寺田寅彦全集』第七巻（岩波書店、一九六一）
夢野久作「大東京の残骸に漂う色と匂いと気分」「焼跡細見記」・『夢野久作著作集』第二巻、（葦書房、一九七九）
新居格「或る舞踏場・素描」・初出誌

下村千秋「統計から覗いた暗黒街」・初出誌
堀辰雄「噴水のほとりで――」・『堀辰雄全集』第四巻（筑摩書房、一九七八）
尾崎士郎「丸ノ内」・初出誌
武田麟太郎「映画街」・初出誌
吉行エイスケ「享楽百貨店」・吉行和子監修『吉行エイスケ　作品と世界』（国書刊行会、一九九七）
牧野信一「三田に来て」・『牧野信一全集』第四巻（筑摩書房、二〇〇二）
北村小松「新宿あたり」・初出紙
小津安二郎「丸之内点景」・初出紙
原民喜「飯田橋駅」・『原民喜全集』第一巻（芳賀書店、一九六九）
江戸川乱歩「池袋三丁目に移転」・『探偵小説四十年』（桃源社、一九六一）
太宰治「未帰還の友に」・『太宰治全集』第八巻（筑摩書房、一九五六）
三好達治「月島わたり」・『全集』第一〇巻（筑摩書房、一九六四）

編集付記

一、旧字・旧仮名遣いは新字・現代仮名遣いに改めた。また適宜、改行を施した。
二、明らかな誤字・脱字は訂正した。
三、外来語や地名・人名などのカタカナ表記は現在、多用される表記に改めた。
四、今日の人権意識に照らして、民族・職業・疾病・身分について差別語及び差別表現があるが、本作品が描かれた時代背景や著者が故人であることを考慮し、発表時のままとした。

編集部

中公文庫

文豪《ぶんごう》と東京《とうきょう》
——明治《めいじ》・大正《たいしょう》・昭和《しょうわ》の帝都《ていと》を映《うつ》す作品集《さくひんしゅう》

2018年11月25日　初版発行

編　者　長《なが》山《やま》靖《やす》生《お》

発行者　松田陽三

発行所　中央公論新社
〒100-8152　東京都千代田区大手町1-7-1
電話　販売 03-5299-1730　編集 03-5299-1890
URL http://www.chuko.co.jp/

ＤＴＰ　平面惑星
印　刷　三晃印刷
製　本　小泉製本

Published by CHUOKORON-SHINSHA, INC.
Printed in Japan　ISBN978-4-12-206660-1 C1195

中公文庫既刊より

う-9-7
東京焼盡《しょうじん》
内田百閒
空襲に明け暮れる太平洋戦争末期の日々を、文学の目と現実の目をないまぜつつ綴る日録。詩精神あふれる稀有の東京空襲体験記。
204340-4

う-3-16
私の文学的回想記
宇野千代
波乱の人生を送った宇野千代。ときに穏やかな友情を結び、またあるときは激しい情念を燃やした文壇人との交流のあり方が生き生きと綴られた一冊。〈解説〉斎藤美奈子
205972-6

こ-21-1
本郷菊富士ホテル
近藤富枝
夢二、安吾、宇野浩二、広津和郎らの作家・芸術家たちが止宿し、数多くの名作を生み出した高等下宿の全容を描く大正文学側面史。〈解説〉小松伸六
201017-8

こ-21-7
馬込文学地図
近藤富枝
ダンス、麻雀、断髪に離婚旋風。宇野千代・尾崎士郎をはじめ数多くの作家・芸術家たちの奔放な交流――馬込にくりひろげられた文士たちの青春。〈解説〉梯久美子
205971-9

く-2-2
浅草風土記
久保田万太郎
横町から横町へ、露地から露地へ。「雷門以北」「浅草の喰べもの」ほか、生粋の江戸っ子文人による詩趣豊かな浅草案内。〈巻末エッセイ〉戌井昭人
206433-1

た-30-37
潤一郎ラビリンスⅨ　浅草小説集
谷崎潤一郎
千葉俊二編
谷崎が幼児期から馴染んだ東京の大衆娯楽地、浅草。芸術論に明け暮れ、猥雑な街に集う画家や歌唄い達の哀歓を描く「鮫人」ほか二篇。〈解説〉千葉俊二
203338-2

な-52-4
文豪と酒　酒をめぐる珠玉の作品集
長山靖生編
漱石、鷗外、荷風、安吾、太宰、谷崎ら16人の作家と白秋、中也、朔太郎ら9人の詩人の作品を厳選。酒に託された憧憬や哀愁がときめく魅惑のアンソロジー。
206575-8

各書目の下段の数字はＩＳＢＮコードです。978－4－12が省略してあります。